勘当貴族なオレのクズギフトが強すぎる!

✕(バツ)ランクだと思ってたギフトは、
オレだけ使える無敵の能力でした

Yuzuru Akashiratama

赤白玉ゆずる

illust.

蓮禾

ボンゴ
エルメル草が好物の
デザートバッファロー。
グリムラーゼ
アルマカイン王国の王女。
命を狙われている。
アニス
最年少でSランクに
なった剣術の天才少女。
リューク
本作の主人公。
ランクのギフト「スマホ」を
かり養父に勘当される。
登場人物紹介
CHARACTERS

ユフィオ
勝ち気でチームの
ムードメーカー的存在。
魔導士。
ラスティオン
宮廷魔導士長を務める
王国最強の魔導士。
キスティー
冷静でチームの
ブレーキ役。
神官。
ジーナ
冒険者チームのリーダー。
頼りがいがある美女剣士。

第一章　どん底からの逆転

1. 授かったのはバツランク？

「バッカもーん！」

怒鳴り声とともに、父上の強烈な右フックがオレの左ほほにガツンと決まり、オレはそのまま三メートルほど吹っ飛ばされる。

父上は現在五十歳。髪はだいぶ薄くなり、お腹もでっぷりと肉がついているが、腰の入ったなかなかいいパンチだった。

「ち、父上っ、何故殴るのですかっ⁉　史上初の『X《エックス》ランク』ギフトを授かったのですよ⁉」

オレは殴られた理由が分からず、父上につい抗議してしまう。

オレが口答えするなんて初めてかもしれない。

「Xランクなどというものがあるかっ！　それはどうせ、どうしようもなくダメという意味の『バツランク』だ！」

「えええっ、そんなっ⁉」

確かにバツランクとも読めるけど、ほかのランクがアルファベット読みなら、Xもエックスと読むのが普通では⁉　いや『バツ』でも『エックス』でも史上初ということには違いないけど。

本日十八歳となったオレは、神様から『ギフト』を授かる神聖な儀式を受けに教会へ行ってきた。体に『聖紋《せいもん》』が浮かび上がったからだ。

ギフトとは一人一つだけ持つことができる特別な能力だ。そのため、いつでも授かれるわけじゃなく、それを受け取る準備が体にも必要らしい。

この聖紋が準備の整ったサインなのである。

ただ、早ければ十三歳で出現する聖紋が、何故かオレはこの歳になるまで出なかった。

同年代の中でもオレがぶっちぎりで遅く、父上も心配……というかもはや呆《あき》れ果てて、最近では完全に見放されている状態だった。

そして今朝、待ち焦《こ》がれていた聖紋がようやく浮かび上がったので、オレは喜び勇《いさ》んで儀式を受けに行ってきたのだ。

ギフトは才能みたいなものだから、良いギフトを授かれば、それだけ順調に成長していくことができる。

とはいえ、たとえ低ランクのギフトを授かっても、努力次第では上位ギフトに負けないほど能力が伸びることもある。

ただ、それでも限界があって、良いギフトを授かった人が同じように努力したら、結局のところ低ランクでは勝てないだろう。

ギフトのランクは通常、下は『F』から上は『S』までだが、ごくまれに『SSランク』という飛び抜けた才能が出ることもあるらしい。

まあそんなものを授かれるのは世界でも数年に一人いるかどうかだが、誰もが素晴らしいギフトを夢見て儀式に臨《のぞ》んでいる。

オレも期待に胸を膨《ふく》らませながら儀式を受けてみると、授かったのは誰も聞いたことがない謎のギフトだった。

その名も『スマホ』。

ギフトの一部には特殊な能力を持ったもの——ユニークギフトと呼ばれるものがあり、この『スマホ』はまぎれもなくそのユニークギフトだ。

ユニークギフトは優秀なものが多く、さらに『スマホ』は史上初のXランク。これで父上の期待に応《こた》えられると歓喜したのだが……

「リューク、もう一度その『スマホ』というヤツを見せてみろ」

「は、はい父上……」

ギフトを発動すると、オレの手のひらに光る板が浮かび上がる。

「……で、それはどんな能力が使えるのだ？」

「さあ？　サッパリ分かりません」

「この役立たずめがあっ！」

今度はオレの顎《あご》に、強烈なアッパーカットが決まった。

今まで殴られたことがなかったので、こんなに痛いものなのかとビックリする。

オレは三メートルほど打ち上げられ、天井に髪をかすめたあと落下した。

「黒髪の子はとてつもないギフトを授かるという言い伝えがあるから、わざわざお前を孤児院《こじいん》から引き取ってきたのだ。それがただの無能だったとは！　最低でもAランクの『剣鬼《けんき》』、できればSランクの『剣聖《けんせい》』、あわよくばSSランクの『剣神《けんしん》』まで期待しておったのに……！」

そう、オレは幼い頃親に捨てられていて、孤児院に入れられた。

そこを侯爵《こうしゃく》である父上ゲスニク・ハイゼンバーグに引き取られ、今まで大切に育ててもらってきた。

それなのに、オレは父上の期待を裏切ってしまったのだ。父上にどうお詫《わ》びしていいか分からない。

「お前は史上初のダメギフトを授かったのだ！　お前などもうワシの息子ではない。今この場で絶縁してやる。荷物をまとめてとっとと家を出ていけ」

「そ、そんな、父上……」

「はよう目の前から去れ！　でないと、殺すぞ！」

オレは父上に勘当《かんどう》されて、絶望に打ちひしがれる。

こんなことになっては、もうオレは生きていけない……

…………ん？　そういえば『アッパーカット』ってなんだ？　さっき殴られたときも『右フック』って単語が勝手に頭に浮かんできたが、そんな言葉聞いたことないぞ？

何故かオレに、不思議《ふしぎ》な感覚が湧《わ》き上がってきた。

なんというか、急激に頭の回転が速くなるような……

ちょっと待て、強烈《きょうれつ》なパンチを喰らったことでなんか色々と思い出してきた。

深く沈《しず》められていた記憶がゆっくり浮上し、眠っていた自我が一気に目覚めていく感覚。


……そうだ、オレは異世界に転生したんだった！


さっき頭に浮かんだアッパーカットやフックという言葉は、転生前の世界……そう、『地球』にあったものだ。

突如としてとんでもない事実を思い出し、オレの全身に衝撃が走る。

地球で死んだあと神様と会って、そこでなんとなく謝られたような記憶もあるんだけど、そこはイマイチよく思い出せない。

とにかく、オレは元地球人で、この異世界で第二の人生を歩んでるところだったんだ！

子供の頃のことも思い出してきたぞ。

オレは孤児院で結構幸せに暮らしていたのに、父上……いやこのゲスニクという男に十年前無理やり引き取られたんだ！

そして何かの魔法で記憶を奪われ、オレは都合のいいように洗脳された。

自分の意思を消されてしまったオレは、侯爵の息子という立場でありながら、炊事《すいじ》・洗濯・掃除などの日々の雑用を朝から晩までやらされていた。

食事も残飯《ざんぱん》みたいなものしか与えられなかったっけ。

寝る場所も倉庫のような汚いところだ。その上、睡眠時間はロクになかった。

それでも洗脳されていたオレは、毎日文句も言わずに働いていた。それが当然と思い込まされていたからだ。

そうだ、オレはここで奴隷《どれい》以下の扱いを受けていたんだ！　過労死しなかったのが不思議なくらいのな。

記憶が戻ったら、一気に日頃の疲れが出てきたぞ！

「何度も言わせるな。お前はもうワシの息子でもなんでもない。早く消えろ」

コイツめえええええええっ、よくも今までオレを騙《だま》してたな!?

言われなくてもすぐに出ていってやるぜ！

「父上、今までお世話になりました！」

一応ここまで育ててもらったお礼を言って、オレは父……いやゲスニクの部屋を出る。

誕生日に勘当されるなんて普通なら不幸だろうけど、ずっと虐《しいた》げられてきたオレにとっては最高のプレゼントだ。

まさしく今日は記念すべき自由への門出《かどで》なんだ！

オレは自分の部屋に行き、荷物をまとめる。といっても、私物なんてロクに持ってないから、すぐにその作業は終わったが。

屋敷から出ていこうとすると、廊下で警備兵たちと会った。

「おやおやダメ坊《ぼ》っちゃん。聞きましたよ、クズギフトを授かっちゃったんですってねえ」

「おいおい、もうコイツは坊っちゃんじゃねえぜ。ゲスニク様に縁を切られたんだからな」

「お前なんて、すぐに野垂《のた》れ死《じ》にしちまうだろうぜ、ギャハハハ」

オレが勘当されたことはすでに屋敷中の人間が知っているようで、誰と会ってもバカにした態度を取られた。

ああ、これも全部思い出したよ。この屋敷の連中は、全員オレのことを人間扱いしてくれなかったな。嫌なことはなんでもオレにやらせていたっけ。

ゲスニクは力のある侯爵だから、私兵を二千人以上抱えているが、そいつらは全員元山賊だ。この屋敷の警備も当然そいつらにやらせている。

これは、あちこちの地方を荒らしていた巨大山賊団のボスを金で手なずけたのが理由なのだが、山賊たちとしても侯爵の私兵という立場を隠れ蓑《みの》にしていれば討伐される心配はない。

ゲスニクのおかげで美味《うま》い汁は吸えるし、ゲスニクとしてもモラルのない手下は逆に使いやすい。

お互いの利害が一致したというわけだ。

この山賊たちによる力ずくの統治で、領民は奴隷のような扱いを受けている。かといって、領地《ここ》から逃げるのも難しい。

モンスターなどの外敵から守るため、この街は高い防壁で囲まれているのだが、その出入り口である通行門を監視されているからだ。

オレは侯爵家から解放されたが、この領地にいる以上、あまり暮らしは変わらないかもな。

それでも自由に生きられるのは、オレにとって何にも代えられない宝だ。

もしも有能なギフトを授かっていたら、ずっと洗脳されたまま一生ゲスニクの奴隷だったかもしれない。

場合によっては、自分の意思とは無関係に、オレも領民たちを迫害していた可能性すらあった。

それを避けることができたんだ。この『スマホ』っていうギフトを授けてくれた神様に感謝しなくちゃな。

それにしても、『スマホ《これ》』っていったいなんなんだ？　なんとなく知っている気はするんだが、イマイチ思い出せない。

改めてもう一度発動してみるが、この手のひらサイズの板がなんの役に立つんだろう？

……まあいい。消されていた記憶と同じで、きっとおいおい思い出すだろう。

仮になんの役にも立たなくても、自分の力で生きていくだけだ。

屋敷でコキ使われてたことを思えば、どんな未来でもマシなのだから。

2．美少女剣士との出会い

街に出て仕事を探してみたが、オレを雇ってくれるところはなかった。

一応オレは侯爵家の息子だったので、みんなオレの顔くらいは知ってる。

家を追い出されたことまではまだ知られてないが、あのゲスニクの息子なんて、雇えば何に巻き込まれるか分かったもんじゃない。

トラブルを抱えたくないのは当然だ。誰も恨むことなんてできない。

仕方なく、オレは冒険者ギルドに行ってみた。

こんな独裁政治の侯爵領でも冒険者は集まってくるため、管轄《かんかつ》のギルドは存在している。

そもそもこの領地で行われていることについては、冒険者たちは詳しく知らないだろう。

ゲスニクは圧政を悟られないように、上手く領民たちを支配している。仮に知られたとしても、街の冒険者が侯爵のやることに口を出すのは難しいが。

よって、冒険者たちは普通にギルドで依頼を受注し、達成して報酬を受け取る活動をしていた。

オレに冒険者が務まるかは分からないが、ほかに仕事がない以上、頑張ってみるしかない。

オレは身長百七十五センチ、どちらかと言えばやせ形で、あまり冒険者に向いている体格ではないだろう。

そもそも冒険者とは、それに適したギフトを授かった人がなるものだ。そういう能力を持ってない人が目指すような職業じゃない。

せめて剣術などの稽古《けいこ》をしていれば良かったが、ひたすら雑用しかしてこなかったので剣を握ったこともない。当然魔法も一切使えない。

ま、習うより慣れよだ。

でかくて重い扉を開けて中に入ると、ここの領民とは全然別の種類の人間たちがそこにいた。

みんなギラギラとして、精力が溢《あふ》れている感じだ。

こえー……やっぱモンスターとかと戦うような奴らは、腕っぷしも強そうだな。

少しビビりながら受付に行くと、二十代半《なか》ばの女性がカウンター越しに迎えてくれた。

「見かけないお顔ですが、この街の方ですか？」

「はい。冒険者になりたいんですけど、どうすればいいですか？」

「ここの領民の方が登録にいらっしゃるなんて珍しいですね。今手続きをしますので、少々お待ちください」

ギルドの職員は他所《よそ》から派遣《はけん》されているので、ここの領民じゃない。だからオレの顔も知らなかったようだ。

恐らく、ここにいる冒険者たちも、オレのことは知らないだろう。

ただし、ギルド長……確かフォーレントって名前だったか。あいつだけは別だ。

オレは洗脳されていたが、ゲスニクの屋敷で二人が会っていたところを覚えている。

どんな利権が絡んでいるか分からないが、恐らくゲスニクと付き合うことで美味い汁を吸っているに違いない。

オレのことに気付かれないよう注意しなくちゃな。

受付嬢の指示通りに手続きをして、冒険者となった証《あかし》のカードを受け取る。冒険者の活動はこれに自動的に記録され、そして身分証にも使える便利なものだ。

これまでゲスニクの奴隷だったオレは、自分の存在が認められたようで嬉しくなった。

冒険者カードは本人の個人情報とリンクしていて、オレのステータスも確認することができる。
現在のオレのステータスはこんな感じだ。

【名前】　リューク
【レベル】　1
【ＨＰ】　25／25
【ＭＰ】　12／12
【筋力】　4
【素早さ】　3
【器用さ】　3
【耐久力】　5
【知力】　3
【魔力】　3
【異常耐性】　1
【魔法耐性】　2
【幸運】　1

他人のステータスがどの程度なのか知らないけど、多分この数値はいい部類じゃないだろうな。

まあ頑張ってレベルを上げるしかない。

本人の資質によって、初期ステータスの数値や能力の伸びは変わってくるけど、スタートはみんなレベル1からだ。ここからモンスターを倒して経験値を獲得することでレベルが上がっていく。

そして冒険者のランクも、仕事をこなし、自身のレベルを上げていくことで昇級していく。

最初はみんなFランクからで、一般的な最上位はSランクとなる。

ただ、Sランクを超えたSSランク冒険者もごく少数いるらしく、このあたりはギフトのランクと同じような感じだ。

冒険者になったばかりのオレは当然Fランクで、初心者《ノービス》を示す白いプレートが渡された。

これを胸に付けることで、見た目ですぐランクが分かるようになっている。

注意事項などの説明も聞き、無事登録が終わったので、オレは受付をあとにした。

すると、ちょうど入れ替わりに、受付に向かっていく女性冒険者とすれ違う。

うおっ、なんて綺麗《きれい》な人なんだ！　こんな美人が冒険者なんてやってるのか⁉

美人というより、美少女という言葉のほうが適切かもしれない。何故なら、まだ十七、八歳くらいに見えるからだ。

彼女の身長は百六十三センチくらいで、淡い赤色の髪を腰まで伸ばしている。

淡い赤というか桃色《ピンク》というか……そういや転生する前は、こういう色を『朱鷺色《ときいろ》』とか言ったっけ？

そしてその少女は、剣士としての装備一式を身にまとっている。見た目通りに受けとれば、彼女は剣士だろう。

こんな少女が剣士……それもSランクだ。

何故分かるかというと、胸に付けているランクプレートの色が、Sランクの証である金《ゴールド》だからだ。

そういえば、最年少でSランクになったという剣術の天才少女が、領内《ここ》に来ているって噂を聞いたことがあった。

オレは屋敷の雑用で手一杯だったから詳しく知らないけど、確か『剣姫《けんき》』という二つ名で呼ばれている……………


「アニス・メイナード！」


いけねっ、思い出したとたん、うっかり声に出しちまった！

オレの声を聞いて、彼女がこっちを振り返る。

「わたしを知っているの？」

やっぱり剣姫本人だ。まずいな、オレ完全に不審者じゃん！

とにかく、いきなり名前を呼んじまったことを謝らないと。

「あ、あの……はい、有名ですから。初対面なのにいきなり呼んでしまってスミマセン。つい……」

「別にいい。気にしてないわ」

そう言うと、彼女――アニス・メイナードは無表情のまま、オレなど最初からいなかったかのように受付に行ってしまった。

可愛い顔をしているけど、ちょっとぶっきらぼうというか、凄くマイペースな感じだな。

しかし、本当に綺麗な子だ。

確かオレと同い歳の十八歳だったはずで、それでもうこれほどの名声を得ているんだから大したもんだ。

いつか仲良くなりたいところだけど、オレじゃ無理だよなあ……

アニスの美しさにボーッと惚《ほう》けていると、いきなりガツンと後ろから首を掴《つか》まれた。

な、なんだ!?

「おい小僧《こぞう》、気安くアニスに話しかけてるんじゃねえよ」

オレは首根っこを掴まれたまま持ち上げられ、無理やり後ろを振り向かされる。

そこにいたのは、凶悪な顔をした身長二メートルくらいの大男だった。その後ろには、同じくガラの悪そうな男たちが三人立っている。

大男はオレの首を掴んだまま言葉を続ける。

「アニスは、おめえのようなゴミが近付いていい女じゃねえんだ」

「あ、あの、あなたたちは誰なんですか？」

「このバーダン様を知らねえのか？　オレたちゃアニスと一緒に仕事してんだよ」

ええっ、剣姫アニスはこんなヤツらとチームを組んでるの!?

いや、誰と組もうと自由だろうけど、なんとなくガッカリしちゃう気が……

「いいか、二度とアニスに近付くなよ。一緒にいるところ見つけたらぶっ殺すからな！　分かったか⁉」

「は、はい、分かりまひた……」

ぐ、ぐるじい、首が折れる……

「分かったらとっとと消えろ！」

オレはそのまま投げられ、背中から床に落ちた。

衝撃でしばらく呼吸ができず、思わず咳《せ》き込んでしまう。

「ふん、ゴミが！」

「ギャハハハ」

バーダンとその仲間たちは笑いながら去っていった。

そういえば、最近この近くに新しい迷宮《ダンジョン》が見つかったとのことで、それを攻略しに、近隣から冒険者たちが集まってるって噂を聞いたっけ。アニスたちもそれが目的で来ているのかもしれないな。

新米冒険者は洗礼として色々と嫌がらせを受けるらしいし、何かに巻き込まれないよう気を付けることにしよう。

とりあえず、冒険者として依頼を探す前に、まずは装備を整えないと。

手持ちの金はほとんどないから、いらない荷物を売って元手を作ろう。

オレは冒険者ギルド二階にある、装備や道具関係全般を取り扱っている総合アイテムショップに向かった。

☆

「おいおい、こんなガラクタ持ってこられても鉄貨《てっか》三枚がやっとだぞ」

「ええっ⁉」

坊主頭《ぼうず》の四十代くらいの店主が、迷惑そうな顔をしながら買い取り価格をオレに告げる。

オレはありったけの荷物を査定してもらったのだが、結果は雀《すずめ》の涙だった。

鉄貨一枚の価値はパンが一つ買える程度。それが三枚あったところで、何一つ買える装備などなかった。

「初心者《ノービス》じゃまだ冒険者世界《このせかい》の常識が分からねえかもしれねえが、ここはガラクタの処分場じゃねえんだ。ちゃんと使えるものを持ってこい！」

うーん、仰《おっしゃ》る通りで……

とはいえ、あのゲスニクから与えられたのはロクでもないものばかりだ。

これ以外に売る品などない。まさか着ている服を売るわけにもいかないし。

……いや、いざとなれば服を売って……

「あー言っておくが、お前のその服も価値ねえからな。そんなボロ服、誰が着るってんだ」

オレの心を読んだかのように、服の買い取りも拒否される。

ですよねー……はあ、こりゃいったいどうすりゃいいんだ。

オレは買い取り代の鉄貨三枚を受け取り、店をあとにした。

☆

夕方。

小腹が空いたので、さっきの鉄貨でパンを買い、それをかじりながら街を歩く。

現在の所持金は、銅貨一枚と鉄貨二枚。

銅貨一枚で鉄貨十枚分の価値だが、この程度じゃ安宿にも泊まれない。こんなことでオレは生きていけるのか？

途方に暮れながらトボトボと歩いていると、どこからか怒鳴り声が聞こえてきた。

聞き覚えのある声だ。恐らく何かのトラブルが起こっている。

オレは声の聞こえてくるほうへ急ぐ。

少し先の通りに出てみると、そこには大人の男と女が一人ずつと、七～八歳くらいの少年がいた。

少年は大人たちに激しく怒られているようで、恐怖の表情を浮かべたまま声も出せずに立ち尽くしている。

大人の二人はオレがよく知っているヤツだ。

男のほうは、あのゲスニクの私兵をまとめている軍団長ドラグレス。身長は百八十五センチほどで、筋骨隆々《きんこつりゅうりゅう》とした凄腕の剣士だ。

つまりゲスニクの右腕的存在で、元は大勢の山賊たちをまとめていたボス——山賊王だった。

その強さはSランク冒険者以上と言われていて、ゲスニクがあれほど無茶な独裁者でいられるのもコイツの力が大きい。

その横にいる妖艶《ようえん》な女性はゼナ。二十代半ばでありながら魔導士としてSランクレベルの力を持っていて、ゲスニク軍団の副長を務めている。

そしてドラグレスの女でもある。

その二人が、子供相手に大声で凄んでいたのだ。

「このクソガキ、貴様の食い物でオレの大事な服が汚れてしまったではないか。どうするつもりだ？　その細い腕を斬り落とすか？」

「口が聞けないなら、その舌も斬り落とすわよ？」

ドラグレスとゼナから交互に責められるが、男の子は恐怖で一切何もできないでいる。

どうやら少年の持っていたお菓子のクリームがドラグレスに付いてしまったらしいが、そんなことでここまで怒るのか？

相変わらずどうしようもない短気だな。

あの二人からはオレもずいぶんくだらないいじめを受けたが、その頃のオレは洗脳状態だったから、よく分からずにヘラヘラしていたっけ。本当に陰湿なヤツらだった。

この騒ぎで周りに人が集まってきたが、ドラグレスたちが怖くてみんなどうすることもできないようだ。

「ま、腕は可哀想だから勘弁してやる。その代わり、菓子を持ってた右手の指を五本斬り落とす」

そう言ってドラグレスは男の子の右腕を掴み、持ち上げた。

そしてナイフを抜いて指を斬り落とそうとする。

それを見た少年は、やっとの思いで「あわっ、あわっ」と声を絞り出した。

「やめろっ、ドラグレスっ！」

オレは思わず叫んだ。

他人に対してこんなに強い口調を使ったのは初めてかもしれない。

洗脳されていたオレは、ずっと誰かの言いなりだった。

だがこれからはオレの意志で生きていく。これはその第一歩だ。

こんなのは許されることじゃない。だから行動しなくちゃ！

「貴様はリューク!?　なんでこんなところに……そうか、貴様は屋敷を追い出されたのだったな。ゴミみたいなギフトを授かったんだって？　部下たちから聞いたぜ」

「ドラグレス、その手を放せ。そんな子供に乱暴しなくてもいいだろう」

「おいおい、貴様はもう侯爵の息子じゃないんだぜ？　このオレ相手にそんな口を利《き》ける立場じゃないというのが分からないのか？　敬語を使え！」

「……ドラグレスさん、子供を許してやってもらえないか」

「ドラグレス様、だ！　あと態度が気に食わんな。顔を地面に着けて土下座しろ」

オレは言う通り土下座する。

戦っても絶対に敵《かな》わない。なら、子供を助けるために、オレのできることをするしかない。

「ドラグレス様、どうかその少年を許してあげてください」

「顔が地面に着いてないだろ！」

「がはっ……！」

オレは顔面をドラグレスに蹴《け》られ、そのまま空中で一回転して地面に落ちる。

歯が何本か折れたようで、口の中がじゃりじゃりした。

ゲスニクのもとで酷い扱いをされていたオレだったが、暴力は受けたことがなかった。

なんだかんだいっても侯爵の息子という立場だったし、優秀なギフトを授かる予定でもあったので、うっかり死なせてはまずかったのかもしれない。

うつぶせの体勢から少し顔を上げようとしたところ、後頭部を思いっきり踏んづけられる。

「顔を地面につけるってのはこうするのよ！」

ゼナだった。

オレの顔を地面にこすりつけるように、足の裏でオレの頭を転がす。

「そのごをゆぐじであげでぐだはい……」

口の中を負傷したオレは、上手く言葉が出せないまま、ひたすら許しを乞《こ》い続けた。

今のオレにできるのはこれしかない。

「ククク、いいザマだぜ。オレは昔から貴様が気に食わなかったが、侯爵の息子ってことで手が出せなかった。だがもう我慢しなくてもいいみたいだな」

「おでがいじまず、そのごをゆるじで……」

「断る」

オレの言葉を遮《さえぎ》って、ドラグレスが土下座状態のオレの腹を蹴り上げる。

それによって、オレは七、八メートル吹っ飛んだあと、地面を数回転がった。あばらの一部が折れた気がする。

「どうしてもガキを許してほしけりゃ、貴様が代わりに死ね。貴様の命と引き換えにこのガキを許してやる」

「ぞ、ぞんな……」

「どうする？　オレはどっちでもいいぜ？」

今のオレは金も力もない。

学校に行かず、家庭教師に勉強を教えてもらっていたオレは、人付き合いの仕方もよく知らない。

授かったギフトもハズレだ。

こんなオレが、この先ちゃんと生きていけるのだろうか。

どうせ近いうちに死んじまうなら、この子供を救うために命を使ったほうがいいのかもしれない。

それがオレの生きてきた証だ。

「……わがっだ。オデをずきにじでいいがら、そのごはゆるじでやっでぐで……」

「ほう……貴様の肝《きも》がそんなに太いとは知らなかったぜ。単なるデクの坊だと思ってたが、意外といい根性してやがったんだな。まあいい、では貴様の命をもらうとしよう」

ドラグレスはゆっくりと近付きながら腰の長剣を抜く。オレの首を斬り落とすつもりのようだ。

目の前で立ち止まったあと、剣を振り上げたのを見て、オレは下を向いて目を瞑《つむ》る。

オレの命もあと一秒か……

そう観念したところで、不意に後方から声が飛んできた。

「そこまでにしたほうがいいんじゃないかしら」

この声は……!?

オレは顔を上げてゆっくりと振り返る。

そこには、あの美少女剣士アニスが立っていた。

「貴様は……！　剣姫が口を挟《はさ》むようなことではないぞ。どこかへ行ってろ！」

ドラグレスも剣姫のことは知っているらしい。さすが有名冒険者だな。

「ここは侯爵領とはいえ、アルマカイン王国に属する以上、無益な殺人は許されないはず。忠告を無視するようなら、このことを王宮へ報告しますが？」

「…………」

アニスの言葉にドラグレスが黙り込む。

剣姫ほどの者がアルマカイン国の上層部に注進すれば、侯爵のゲスニクとはいえ、なんらかの処分が下る可能性がある。

ドラグレスも、さすがにそれはまずいと思ったようだ。

「ふん、今回だけは勘弁《かんべん》してやる。だが、今度オレに逆らったら容赦はしない」

別に逆らったわけじゃないんだけどな。子供を放っておけなかっただけで……

ドラグレスは剣を収め、ゼナとともに去っていった。

ふと横を見ると、いつの間にかアニスがすぐ隣に来ていた。ドラグレスたちに気を取られてたから、近寄ってたことに全然気付かなかった。

そうだ、助けてもらったお礼を言わないと！

「あ、あど……あじがとうござい゙ばじた。アジズざんのおがげで死《じ》なずにすびばじた」

ああくそっ、口の中がボロボロで上手く喋《しゃべ》れねえっ！

アニスにオレの言葉が届いているのかよく分からなかったが、彼女は無言のまま荷物袋から青緑色の液体が入ったビンを取り出した。

「……今これしか持ってないの」

「えっ……ひょっどじて回復薬《がいふくやく》でずか？　こでをオデに⁉」

アニスはオレの言葉には応えず、回復薬のポーションを手渡して去っていった。

マイペースというか、なんとなく感情の読めない人だな。

今のオレの姿を見て、アニスはどう思っただろうか？　戦わずに土下座なんかしたから、意気地《いくじ》のない男と思われたかもしれない。

ああ……カッコ悪いところ見られちまったなあ……

まあ今のオレなんかに、カッコいいところなんて一つもないけど。

アニスのおかげで騒動は収まったけど、結局オレは何もできなかった。

なんにせよ子供が無事で良かった。

3. スマホの覚醒《かくせい》

すっかり日が暮れて、ゲスニクに支配されたこんな街にも夜の賑《にぎ》わいがやってきた。

オレはまだ少し腫《は》れが残った顔を冷やしながら、広場の隅《すみ》に腰を下ろしていた。

アニスがくれたのは恐らく『ハイポーション』で、通常のポーションよりは回復力が上だが、オレの体は思ったよりも重傷を負《お》っていたらしく使っても完治はできなかった。

顎はまだガタガタだし、あばらの辺りもズキズキと痛んでいる。それでもだいぶマシにはなっているんだが。

『ハイポーション』はそれなりに高価で、相場は一つにつき金貨一枚。

金貨一枚には銀貨十枚の価値があり、その銀貨一枚は銅貨十枚の価値がある。

一般的な労働者の賃金は一日銀貨一枚程度だから、金貨一枚だと十日分の給料に相当する。そんな高価なものをアニスはオレにくれたんだ。

『ハイポーション』がなかったら、病院に行かなくちゃダメだったろうな。一応、回復アイテムで治すより安上がりにはなるが、医者は金がないオレを果たして治療してくれたかどうか……

それに、一瞬で治ることもない。あの怪我だったら、ここまで回復するのに一ヶ月はかかっただろう。

アニスには本当に感謝しかないな。いつか必ずこの恩を返したい。

それはそうと、宿代もないし、今夜はこの広場で野宿するしかないかも。

命は助かったとはいえ、結局オレは何もできない状態だ。

せめて、授かった『スマホ』というギフトが何かの役に立ってくれれば、光明を見出せるかもしれないが……

そんなことを考えていると、ふうっと何か頭に浮かんでくるものがあった。

この感覚は……そう、失っていた記憶が戻ってくる前兆だ。

そういえば、ゲスニクに殴られたときに、この世界に転生したことを思い出したんだった。さっきドラグレスから蹴られたことで、また記憶が戻ってきている気がする。

脳に強烈な衝撃を与えることがスイッチになっているのかもしれない。

何かを思い出してきた……そうだ、『スマホ』は電話ができるんだった！

…………電話ってなんだ？　せっかく思い出したのに、使い方が分からない。

……ちょっと待て、まだ何か思い出せそうだ！

しゃ……しん？　そう、この『スマホ』で『写真』ってのが撮れる！

「……だからなんだってんだあああああああ～っ！」

オレは思わず、大声で叫んでしまった。いたたた、口を怪我してるの忘れてた！

今のことで、周りを歩いていた人がビックリしたようにオレを見る。

変な注目を浴びてしまったので、オレは愛想笑《あいそわら》いでなんとかごまかす。

思い出したのはいいが、『写真』ってものがよく分からない。仮にそれが撮れたところで、今の状況は変わらないだろう。

ホントになんの役に立つんだ、この『スマホ』ってのは？

……と、そこで、もう少し詳しく記憶が戻ってきた。

そうだ、写真っていうのは、目の前の光景などを記録できるヤツだ。前世のオレは、いろんなものを写真に撮って楽しんでいたっけ。

とても懐かしい感覚が、じわりと甦《よみがえ》ってきた。

目の前のものを記録できるなんて、素晴らしいじゃないか。魔法だってそんなことできないぞ。

オレは自由を得たんだ。もっとそれを楽しまないと。

早速《さっそく》、横に咲いている花を撮ってみた。『スマホ』の画面にその花が表示される。

そうそう、こんな感じだった。『スマホ』の操作方法を少しずつ思い出してきたぞ。

その『スマホ』の画面を見ていると、何かの文字があることに気付く。

……『詳細を見る』ってなんだ？

オレはその文字の部分を触《さわ》ってみる。タッチ……いや、タップするってヤツだ。

どんどん使い方を思い出してきたぞ！

文字をタップしてみると、写した花の詳細が『スマホ』の画面に表示された。

これって……『鑑定《かんてい》』じゃん！

対象物を分析するのは、『鑑定』というギフトの能力だ。

この『スマホ』で写真に撮ると、その『鑑定』と同じことができた。
ス、スゲーじゃねえか！
『鑑定』はCランクのギフトだが、これを授かればだいたい食うには困らない。どこに行っても非常に重宝《ちょうほう》される能力だからだ。本人の能力によって分析の精度も変わるが、この『スマホ』の『鑑定』は、上位の分析精度な感じがする。

これのおかげで、一気に未来が明るくなったぞ！

試しにほかのものも撮って『鑑定』してみよう。

オレはポケットからなけなしのお金──銅貨を取り出し、『スマホ』で撮って分析してみる。

同じように、詳細が画面に表示された。

そしてふと変な文字があることにも気付く。

「『コピー出力する』ってなんだ？」

調べてみたら、さっき撮った花にも同じ文字があった。うっかり見逃していたらしい。

しかし、コピー出力というのがどういうことなのか分からない。

とりあえず何が起こるのか試してみるか。

オレは『コピー出力する』という文字をタップしてみた。すると……

なんと、写真に撮っていたお金――銅貨が、目の前に出現したのだ！

えええっ！　待てよ、これっていくらでも出せるの？

もう一度同じ操作をしてみると、さっきと同じように銅貨が出てきた。

おいおいおいおいおい、これをやれば無限にお金が湧いてくるじゃん！　もう一生お金に困ることはないぞ！　そうか、確かコピーは複製って意味だったんだよな！

オレのテンションはだだ上がり状態だ。

そこでふと、人間を写真に撮ったらどうなるんだろうという疑問が湧いてきた。

確かめるため、すぐそばを歩いていた剣士っぽい男性を写してみる。

今まで同様、男の詳細が画面に表示された。『鑑定』で人間を分析するのは非常に難しいので、この『スマホ』の『鑑定』能力は相当高いと言える。

いや、ステータスの数値まで分かるなんて聞いたことがないので、通常の『鑑定』よりも遥《はる》かに高性能だろう。

そしてその詳細画面に、ある文字が表示されていた。

「『能力を取得』……ってどういうことだ？」

男は『下級剣士』というEランクギフトを持っていたが、その横に『能力を取得』という項目があるのだ。

よく分からないが、とにかく色々と試してみるしかないので、その文字をタップする。

すると、急に全身が軽くなったような気がした。

これ……もしかして、オレにも『下級剣士』のギフトが使えるんじゃないのか？

試しに少し剣術の真似事をしてみると、素人とは思えない動きをすることができた。

Eランクといってもバカにしたものではなく、ギフトがあるとないとでは剣技に雲泥《うんでい》の差が出てくると、家庭教師から習ったっけな。

今度は魔導士っぽい人を『スマホ』で写してみて、またステータスを確認してみる。

やはり同じ項目があり、今度は『下級魔導士』というEランクギフトの能力を取得できるようになっていた。文字をタップしてみると、なんとなく自分の魔力をコントロールできる感覚が湧き上がってきた。

ステータス画面にはギフトの項目以外にもタップできる場所がある。その一つが『属性魔法』というスキルだ。

スキルというのは神様から授かれるギフトと違って、自分の努力で習得ができるものだ。本人の才能によって習得できる種類や数にバラつきはあるが、基本的に効果の高いスキルをたくさん持っている人間ほど強いと思っておけばいい。

とりあえず、『属性魔法』の横にある『能力を取得』をタップしてみる。

すると、オレの頭の中にいくつかの魔法が浮かんできた。

そのうちの一つ、一番低ランクの魔法——第十階級の『ファイア』を唱えてみることに。魔法はその威力によって十階級に分類され、高ランクの魔法ほど数字が低くなっている。

オレは右腕を水平に上げ、魔力を練りながら呪文を詠唱すると、手の先に直径一メートルほどの魔法陣が出現した。

そして発動の合図である魔法名を叫ぶ。

「『ファイア』っ！」

ボオオオオオオオッ。

直後、オレの右手から炎が噴出《ふんしゅつ》した。

誰もいない方向に向かって撃ったけど、モンスターを殺すような攻撃力を持ってるだけに、結構派手に炎が広がってしまった。

「バカやろーっ！　こんなところで魔法を使うなんて何考えてんだ、あぶねえだろっ！」

「す、すみませんっ」

顎の痛みを我慢しながらオレは謝る。

やはり思った通り、写真に撮った人の能力を覚えることができるようだ。

ということは、一人一つしか持てないはずのギフトでもオレならいくらでも取得可能で、さらにスキルも取り放題！　写真に撮ったものはなんでもコピーで出せるし、こりゃめちゃめちゃ凄いぞ。

明日も分からないオレだったが、この『スマホ』があればもう大丈夫！

オレは『スマホ』の能力に歓喜した。いや、まだまだ隠された可能性がありそうだ。

ほかに何ができるのか、もっともっと写真を撮って調べてみよう……そう考えたところで、あることに気付く。

『スマホ』のエネルギー残量という部分が点滅しているのだ。

これはなんだろうと思ったが、なんとなくオレの魔力——MPの残りと連動している気がした。

恐らく『スマホ』を使うにはオレのMPが必要なのだろう。しかし、さっき『ファイア』を撃ったことで、魔力切れになってしまいそうなのだ。

オレはまだレベル1なのでMPが少ない。無駄遣いしたらすぐに魔力切れになってしまう。

幸い、一晩寝ればMPは回復する。

『スマホ』を使うのは明日にして、今夜はどこかに泊まって今後のことをよく考えよう。

と思ったところで、宿代がないことに気付く。

……いや、さっき銅貨を増やしたので、現在銅貨が三枚あるんだった！　これならギリギリ泊まれるところがあるはずだ。

オレは宿屋を探すため、慌てて街を走り回るのだった。

4．コピーで簡単ゲット

「ああ～よく寝た！」

昨日は朝から目まぐるしく問題が発生し続け、一時はどうなることかと思ったが、『スマホ』の能力を知ったおかげで不安が吹き飛び、ぐっすり眠ることができた。泊まったのは安宿で硬いベッドだったけど、今までボロい倉庫で寝てたから、むしろ快適だったたくらいだ。

あばら辺りの痛みもだいぶ引いたし、顎や口もかなり良くなったので、もう言葉も普通に話せる。完治したわけじゃないけどな。

昨晩は『スマホ』について色々考えてみた。

まだ分からない部分は多いが、とんでもない可能性を秘めたギフトなのは間違いない。

今日はその検証をするわけだが、それには順番がある。

一晩寝たことでオレのＭＰは復活し、そして『スマホ』もエネルギー満タン状態になっていた。

やはりオレの魔力と『スマホ』は連動していたようだ。よって、効率良く検証しなければ、レベル１のオレの魔力ではすぐ『スマホ』はエネルギー切れとなってしまう。

ということで、『スマホ』がエネルギー切れにならないように、最初にやることがある。

オレは冒険者ギルド二階の総合アイテムショップへ行くことにした。

☆

「お前、昨日の初心者《ノービス》だな？　金もないのに何しに来やがった？」

店に入ると、店主から軽く嫌みを言われる。

まあ冷やかしに来たと思われるよな。実際オレは金を持ってないし。

一応、コピーをすれば金は増やせる。しかし、その前に手に入れておきたいものがあるんだ。

「すまない、あとで必ず何か買うから、今日は品物を色々見せてくれないか？」

「ああん⁉　……仕方ねえな、お前が出世してお得意さんになってくれる可能性もあるからな。その代わり、この恩を忘れるんじゃねえぞ」

「ああ、ありがとう！」

ぶっきらぼうながらも、店主は悪い人ではなさそうだった。

冒険者には荒くれ者が多いから、気が強くなるのかもな。ギルド内で商売してるならあくどいこともしてないだろうし、信用できる店のはず。

おっちゃん、あとで山ほど買うから、今日だけ許して！

オレは心の中で謝りながら、店にあるアイテムや装備をこっそりと片っ端から写真に撮っていく。

その中の一つ、『マジックポーション』が本命だ。

これには減ったＭＰを一定量補充する効果がある。つまり、この『マジックポーション』さえあれば、今後ＭＰ切れに困ることはないわけだ。

ほかにも冒険者活動に必要なものはここに全部揃っているので、これで持ち物関係の準備は万全。

「おっちゃん、ありがとな！　あとで店のものを全部買ってやるから楽しみにしててくれよ」

「けっ、調子のいいこと言いやがって。まあ期待しないで待ってるよ」

オレは店主に礼を言って一階に下りた。


一階のフロアには冒険者たちが大勢いた。

次はここだ。えーと、まずは誰からにしようかな……

オレはそばにいる剣士風の男に近付き、さりげなく写真を撮る。

そう、次にやることは、冒険者たちが持つギフトやスキルのゲットだ。それさえあれば、レベル1のオレでも充分戦っていけるはず。

オレは怪しまれないよう注意しながら、フロアにいる冒険者たちを片っ端から写していく。

（おっと、『スマホ』のエネルギーが切れそうだ）

残量表示が点滅したので、『マジックポーション』を使ってMPを回復する。

すると、また『スマホ』のエネルギーは満タンとなる。

『マジックポーション』はかなり高価なものだけに、本来ならここぞというとき以外には使わないが、オレの場合は『スマホ』からいくらでも出力できる。実質無限の魔力だ。

ちなみに、出力できるのは一回につき一つだけ。仮に一枚の写真にポーションを複数個撮ったとしても、一個ずつしか出力することができない。

そのため、何かが大量に必要になってもコツコツ出していくしかないが、それくらいは仕方ないだろう。文句を言ったらバチが当たる。

そうしてMPの補充を繰り返しつつ、この場にいる冒険者たちを全員写し終える。

今日はアニスが来ていなかったので、残念ながら彼女を撮ることはできなかった。

昨日みっともないところを見られたので、正直今日は顔を会わせたくなかったからちょうど良かったかも。

オレは撮ったものを一度整理するため、冒険者ギルドを出て街の広場に向かった。

☆

「うおおおっ、こりゃすげえええ……」

改めて撮ったものを確認して、思わず感嘆の声を上げる。

これを全部現実に出せると思うと、嬉しすぎて興奮が止まらない。

「『エリクサー』ってのもコピーしたけど、これって確か凄い回復薬だよな？」

エリクサーの売値は金貨三百枚となっていた。

金貨一枚には銀貨十枚の価値があり、その銀貨一枚は銅貨十枚の価値がある。

一般人の年収は金貨三十枚ほどと言われているので、三百枚なら十年分の収入に匹敵《ひってき》する値段だ。

その金貨三百枚で売られていたエリクサーを、オレは試しに飲んでみる。

お？　おお？　おおおおおおおおおおおっ⁉

昨日ドラグレスに蹴られて折れまくってた歯が元通りに治った！

ほかにも、顎やあばらに残っていた痛みなども完全に消えた。

スゲー！　さすがエリクサーだ！　酷い身体欠損以外はだいたい治るらしいからな。

ＭＰも回復するから、実質これさえあればマジックポーションはいらないのか。

もっと凄い回復薬に『ハイパーエリクサー』ってのもあるらしいけど、それはダンジョンの深層とかでしか手に入らないから、一部の冒険者以外は目にすることがない超レアアイテムだ。

まあしかし、普通はこの程度の怪我には、エリクサーはもったいなくて使えない。そのワンランク下の『エクスポーション』どころか、さらに低ランクな『デラックスポーション』でも完治できそうだからだ。

エリクサーを何個でも量産できるオレだからこそ、こんな贅沢《ぜいたく》な使い方ができるってもんだ。

『スマホ』の能力は本当にとんでもないぞ。授けてくれた神様に心から感謝したい。

よっしゃ、体調も完全回復したし、次は冒険者のギフトとスキル獲得といこう！

えーと、まずは誰のステータスから見てみようか……おっ、この強そうな男からにしよう。

どれどれ、どんなのがあるかな？

……『上級剣士』、これはCランクギフトだ。これくらいのギフトを持っていれば、冒険者ランクもBランククらいまでいけると聞く。

ただ、この男性の冒険者ランクについては、写真からの分析では分からない。『スマホ』の『鑑定』で分かるのは、持っているギフトやスキル、そしてステータス数値だけなので。

ちなみに、剣士系のギフトの格付けは……

SSランク　剣神
Sランク　剣聖
Aランク　剣鬼
Bランク　特級剣士

Cランク　上級剣士
Dランク　中級剣士
Eランク　下級剣士

となっている。

下級剣士でも、死ぬほど頑張ればBランク冒険者くらいにはなれるらしい。しかし、Sランク冒険者になるには剣聖のギフトが必要と言われている。

この人はほかにも『筋力（小）』や『見切り（小）』、『回避（小）』などのスキルを持っていたので、それもありがたく取得させてもらった。

これらのスキルは、MPを消費しない常時発動《パッシブ》タイプのスキルだ。

スキルには、MPを消費しない常時発動《パッシブ》タイプと、能力を使うときにMPを消費する随時発動《アクティブ》タイプがある。気配を消して行動ができる『隠密』や、一瞬で移動できる『縮地《しゅくち》』、遠くを見る『遠視眼』、敵を怯ませる『威圧』などが随時発動《アクティブ》タイプだ。

ちなみに、（小）というのは効果の程度――その技能が少しアップするという意味。（小）、（中）、（大）、（特）、（極）、（神）という順に効果が高くなる。

たとえ効果が（小）でも、そのスキルを持っているだけで能力は大きく違ってくるため、そうバカにしたものでもない。

「んじゃあ次の人にいってみるか」

一人目は剣士を選んだので、二人目は魔導士っぽい女性を選んでみた。

予想通り魔導士で、『中級魔導士』というDランクギフトを持っていた。

魔導士系のギフトの格付けはこんな感じとなっている。

SSランク　魔帝《まてい》
Sランク　魔導守護者《まどうしゅごしゃ》
Aランク　魔導卿《まどうきょう》
Bランク　特級魔導士
Cランク　上級魔導士
Dランク　中級魔導士
Eランク　下級魔導士

彼女は火、風、土の三つの属性魔法のほか、『MP増量（小）』や『詠唱短縮（小）』、『火属性強化（小）』なども持っていたので、まとめて取得させてもらった。

これらのスキルもMPを消費しない常時発動《パッシブ》タイプで、『火属性強化』は自分の火属性魔法の威力を上昇させ、『詠唱短縮』には呪文に必要な言葉を減らす効果がある。

ちなみに、属性魔法には火、水、風、土、光、闇、無、聖の八種類あるのだが、全種類使える人はまずいない。三属性使える彼女は、魔導士としては標準的な才能だ。

次は軽装で小柄な男。

雰囲気から盗賊《シーフ》だろうと思ったんだけど、なんと『忍者』というAランクギフトを持っていた。

敵の探知に優れていたり、自分の気配を消すのが上手かったりするので、不意打ちや暗殺向きの戦闘職だ。素早さも非常に高い。

盗賊《シーフ》系のギフトの格付けはこんな感じとなっている。

SSランク　闇神《あんしん》
Sランク　影忍《かげにん》
Aランク　忍者
Bランク　特級盗賊《シーフ》
Cランク　上級盗賊《シーフ》
Dランク　中級盗賊《シーフ》
Eランク　下級盗賊《シーフ》

彼からも『投刃《とうじん》（中）』や『素早さ（大）』、『探知（中）』、『隠密《おんみつ》（大）』、『暗視（中）』、『縮地（大）』などいろんなスキルをもらう。

……と、ひたすらまめにスキルを取得していたところで、もっと効率のいいやり方に気付く。

上位のギフトやスキルを先に取得すれば、下位のものは必要ない。

例えば『上級剣士』があれば『下級剣士』はいらない。同じように、『回避（大）』があれば『回避（小）』はいらない。同じスキルはより上位の効果に上書きされるからだ。

ということは、まず最上位の人間から取得すれば、作業は捗《はかど》る。

そして、その上位能力を持つ奴らに心当たりがある。

ドラグレスとゼナだ。彼らから上位のギフトやスキルをもらえばいいんだ！

「アイツら、屋敷にいるかな……？」

好き勝手に行動してる二人なので居場所が掴みにくいが、一応ゲスニクの屋敷にいることが多い。

何はともあれ行ってみるか。

オレは昨日追い出されたばかりの屋敷に向かった。

☆

ラッキーなことに、屋敷に着いてすぐドラグレスとゼナが門から出てきた。屋敷の近くで二～三時間は粘《ねば》る覚悟をしてきたが、こいつはツイてる。

ただ、奴らに見つかっては大変だ。オレは取得したての『隠密（大）』を発動し、離れた場所に隠れながら、ドラグレスたちがもう少し近付いてくるまで待つ。

ある程度距離が近くないと、写真に撮っても『鑑定』ができないからだ。これは冒険者を撮りまくっていたときに気付いた事実だ。

これ以上近付かれるとヤバイというところで、ドラグレスとゼナを写す。確認すると、ステータスの分析もできているようだ。

用事が済んだので、オレは急いでそこから離脱した。

「うーん、やっぱスゲーな……」

【名前】　ドラグレス
【レベル】　131
【HP】　9520／9520
【MP】　1168／1168
【筋力】　2034
【素早さ】　1790
【器用さ】　1655
【耐久力】　2389
【知力】　470
【魔力】　451
【異常耐性】　1142
【魔法耐性】　680

【幸運】276

ドラグレスのステータスを見て、そのあまりの優秀さにため息をつく。

レベルは131で、ギフトはSランクの『剣聖』。

そして取得しているほとんどのスキルが（大）にまで成長していて、（特）どころか（極）まで到達しているものもある。

ちなみに、剣士でも必殺技やスキルの使用には魔力を消費するので、MPの量は軽視できない。

数値から見る強さは軽くSランクレベル。ドラグレスに勝てる冒険者はそういないだろうな。

実は山賊になる前はSランク冒険者をやっていて、素行《そこう》が悪すぎてクビになったという噂《うわさ》もあるけど、本当かもしれない。

相棒であるゼナのほうも負けず劣《おと》らず凄い。

【名前】ゼナ
【レベル】113
【HP】2137／2137
【MP】5948／5948
【筋力】315
【素早さ】677

【器用さ】　３６４
【耐久力】　３９０
【知力】　１７７５
【魔力】　２２０６
【異常耐性】　７５４
【魔法耐性】　１３８２
【幸運】　３１０

ゼナが授かったギフトはSランクの『魔導守護者』で、自身のレベルは１１３。

属性魔法も火、水、風、土、闇、無の六つを習得していて、最上位の第一階級魔法こそ持ってないようだが、第二階級魔法はかなり覚えている。

これもSランク冒険者級の実力だ。

第一〜第十階級のランクがある魔法だが、第一階級魔法を使えるのは世界でも数人のみ。その威力は、ドラゴンすら軽く一撃で殺すほどだという。

ゼナがそれを持ってないのは幸いではあるが、そのおかげでオレも取得できないのは少し残念だ。

「それにしても、二人とも強いことは知ってたが、ここまでとは思わなかったぜ。こりゃぜってー勝てねえや……今のところはな」

現在レベル１のオレじゃ逆立ちしても勝つことはできないが、レベルを上げれば話は別だ。

ドラグレスとゼナのスキルは全部取得させてもらったし、そのうえドラグレスたちが持ってないスキルもオレは山ほど持っている。

レベルさえ追いつけば五分《ごぶ》以上の勝負ができるはず。

ただ、本人が持つ戦闘のセンスも関わってくるので、同じスキルを持ってれば強さも同じってわけじゃない。

オレに戦闘の才能があるか分からないが、とにかく今は経験値を稼《かせ》いでレベルアップしていくしかないな。

まあオレがレベル１００を超えるのは当分先のことだろうけど。

こればっかりは『スマホ』でもどうにかなりそうもないしなあ……

次にドラグレスと揉めたときは絶対に勝ちたい。あんな惨《みじ》めな思いはもうしたくない。

何があっても、大切なものを守れる男になるんだ。

オレは強くなることを心に誓う。

明日から本格的に冒険者活動をするため、今日の残りの時間は全て準備に費やすことにしたのだった。

第二章　超速成長

1．冒険者活動スタート

翌朝、オレはカーテンの隙間から差し込む朝日を浴びて目覚める。

お金をコピーで増やしたので、昨夜はちょっといい宿屋に泊まったのだが、生まれて初めてふかふかのベッドというものを体験した。

睡眠というのがこれほど心地よいものだったとは……

今日から本当にオレの新しい人生のスタートだ。

冒険者としての準備も万全だし、頑張って成り上がってやるぞ！

オレは宿の食堂で朝食をとると、早速冒険者ギルドに向かった。


ギルドに入って、一階フロアにある『依頼掲示板』のところへ行く。

そこには、現在受けることができる仕事の一覧が張り出されていて、受付で許可をもらえれば受諾確定となる。

もちろん、その仕事を達成可能かどうかの審査に落ちれば承認はされないが。

オレの場合は完全に初心者なので、信頼を得るまではごく簡単な仕事しか受けることができない。簡単な仕事というのは例えば薬草採取や害虫駆除などで、モンスター討伐といった仕事をするにはどこかのチームに入れてもらうしかない。

そんなわけで、単独でのモンスター討伐は絶対許可してもらえないだろうから、自分で勝手に行くことにした。オレの目当てはモンスターを倒して得られる経験値だからな。

基本的には、ギルドの許可なしに依頼を受けることはできないが、勝手にモンスターを倒す分には問題ない。

ただし無許可なので、何を討伐しようとも報酬はもらえない。そのため、大抵の人は許可をもらってから仕事に向かうが、気の向くままにモンスター狩りをする変わり者も一応いる。

オレは変わり者というわけではないが、薬草採取なんかで時間を無駄にしたくないので、許可なしで行くことにしたのだ。

ちなみにギルドに来た目的は、オレでも倒せそうなモンスター討伐依頼を探すためだ。

ギルドにはモンスター棲息《せいそく》マップがあるので、それを見て危険度なども確認できる。

ちょうどいい具合にゴブリン退治の依頼があったので、地図で確認したあと、その場所に行ってみることにした。

☆

馬を借りて、目的地までひとっ走り。

数人のチームで移動するときは馬車を使うことが多いようだが、オレは一人なので単騎で走った。

昨日『馬術《ばじゅつ》』のスキルを取得していたので馬の扱いも大丈夫だ。

通行門から出るとき、一応オレは侯爵の息子だったので、ひょっとしたら門番に止められるかもと心配したが大丈夫だった。

ゲスニクと無関係になったことで、オレの存在は無視されているように感じる。

まあ、ありがたいことだ。

この調子なら、ゲスニクの領を離れてほかの場所に移ることもできそうだが、まずはここでやれる限り頑張ってみよう。


現地に着くと、そこは広い草原だった。

こういう場所には初めて来たな、風がとても気持ち良く感じる。

……と、悠長《ゆうちょう》なことを考えていたら、ゴブリンが現れた。

おお、モンスター図鑑で見たのと同じ姿だ、とつい当たり前のことを考えてしまうオレ。

全てが新鮮で、なんとなくゴブリンすら愛《いとお》しく感じてしまう。

初めての戦闘なのにこんなに余裕があるのも、昨日キッチリ準備したおかげである。

今のオレなら、たとえレベル1でもゴブリンなんて敵じゃない。装備もスキルも極上のものを持っているからだ。

恐らく、冒険者に必要なスキルはほとんど取得していると思う。

今オレが持っているギフトやスキルはこんな感じだ。


【ギフト】

『剣聖』『魔導守護者』『忍者』『特級戦士』『特級神官』『上級拳闘士』『上級弓術士』


【スキル】

『属性魔法：火・水・風・土・光・闇・無・聖』

『筋力（極）』『器用（大）』『回避（大）』『耐久（特）』『根性（大）』『素早さ（大）』

『見切り（特）』『魔力（特）』『看破《かんぱ》（大）』『遠視眼（大）』『暗視（大）』『探知（大）』

『隠密（大）』『投刃（中）』『罠《わな》解除（大）』『威圧（大）』『縮地（大）』『追尾照準（中）』

『詠唱短縮（大）』『ＭＰ増量（特）』『馬術（中）』


……などなど。スキルはキリがないのでここで紹介しているのは一部だけだ。

属性魔法は八種類全部使えるようになった。

神官系と魔導士系では覚えられる属性が違うので、全種類使える人はまずいない。神官系は聖属性のみを習得し、そのほかの七属性は魔導士系のみが習得できるからだ。

ひょっとしたら、オレは世界初の全属性使いかもしれない。

ただ全属性使えるといっても、得意なものとそうでないものがあるので、使える階級には差がある状態だ。

それと、物理攻撃が主体の剣士や弓術士でも属性魔法を覚えることがある。

これは本人の資質がかなり関係してくるので、頑張っても覚えられない人も多いが、もし魔法を習得できたら、剣士は『聖騎士』や『魔導剣士』と呼ばれたり、弓術士は『聖弓士』や『魔導弓士』と呼ばれたりする。

オレは全属性が使える剣士なので、まず間違いなく史上初の存在だろう。

この様々なスキルの効果で、オレはステータス数値よりも実際には数倍の力が出せる状態だ。

スキルは戦っていくうちに成長するため、頑張ってより上のランクに上げていこうと思う。

一応、着ける装備は剣士系のものを主軸にした。オレはオールマイティーに戦えるが、まずは基本である剣での戦闘から始めたほうがいいと思ったからだ。

というか、オレのＭＰが低すぎて、魔導士として戦うのは今のところ不向きというのもある。

ゼナからスキルを取得したのでオレはSランクレベルの魔法も持っているが、現在のオレは最大ＭＰが12なので、上位の魔法を使うことができない。特に今オレが持っている最高の魔法――第二階級魔法などは、ＭＰが最低１０００必要だ。

上位の魔法は当分おあずけということで、しばらくは剣士として頑張ろうと思ってる。

そのオレの装備だが、ギルドの店にあった最高のもの――アダマンタイト製の装備一式を着けている。剣ももちろんアダマンタイト製だ。

レベル1のオレにとってはかなり重いのだが、ドラグレスから取得した『筋力（極）』のおかげで問題なく動くことができる。

ちなみに、コピー出力したものは簡単に消すことも可能だ。よって、コピーしたことで何か問題が起こったら、消すという選択も一応ある。

あと検証して分かったのは、建物のような巨大なものはコピーで出せないということ。

一応コピーで出せるのは、持ち運びできるものに限られるようだ。


ゴブリンが目の前までやってきた。

思ったよりも速い動きだけど、スキルで動体視力が上がっているオレにはスローモーションと変わらない。

ゴブリンは手に持っていた棍棒《こんぼう》を振り上げたが、オレは素早く剣を抜いて、ゴブリンを腹から真っ二つに斬り裂いた。

棍棒を振り上げたまま、ゴブリンの上半身が腰から離れて地に落ちる。

「スゲー、さすがSランクギフトの『剣聖』だ。まるで無駄な動きなんてせずに斬り殺せたぜ」

戦ったことのないオレでも、『剣聖』の凄さが分かった。

敵の動きに対し、体が勝手に最適な動作をしてくれる感じだ。

レベル1の今でも、多分オレは結構強いぞ。

死体となったゴブリンを『スマホ』で写して、そのステータスを確認しようとしたら、詳細を見ることができなかった。

生きてないと、その能力の『鑑定』ができないようだ。

考えてみれば、なんとなく納得だ。死んだ者は全能力が0になるだろうし。

ならば、とりあえず先に自分のレベルを上げよう。『鑑定』を優先して、うっかりピンチにはなりたくない。

ちなみに、モンスターは死ぬと、生命エネルギーと魔力を含んだ結晶――『魔石』をドロップする。

これは様々なものに利用されていて、基本的には強いモンスターほどその価値が高い。

ギルドに持っていけば買い取ってくれるので、オレはゴブリンから魔石を回収して荷物袋に入れる。こんなことをしなくても、金には困らないだろうけどな。

『探知（大）』によって、次のゴブリンも見つける。この『探知』スキルは常時発動《パッシブ》タイプなので、放っておいても敵を探知してくれるから便利だ。

なお、ＭＰを使ってスキルを強めると、精度を上げることも可能である。

ゴブリンは獲物《オレ》を見つけて小走りで近寄ってくるが、これも簡単に一刀両断に斬り捨てる。

すると、オレの全身にギュンと力が巡《めぐ》った。レベルが2に上がったのだ。

モンスターを倒すと経験値がもらえるが、それは戦った人数で割って分配される。

つまり、単独で倒せば経験値を独り占めできるため、通常よりも早くレベルアップすることが可能だ。

オレはこの狙いもあって一人で来たのだった。

また次のゴブリンを探知する。

剣は試したので、今度は魔法で倒してみよう。

ゴブリン程度なら、威力の弱い第十階級魔法でも充分倒せる。

オレは少し離れた距離から火炎魔法を撃ち放つ。

「『ファイア』っ！」

中距離から攻撃できる魔法は、比較的安全にレベル上げできる方法だ。ただし、敵に近付かれてしまうと、接近戦のできない魔導士はピンチになってしまう。

オレの場合は剣でも戦えるのでまったく問題はないが。

火の魔法を喰らったゴブリンは、あっけなく絶命した。

この火力なら、もっと強いヤツでも一撃で殺せそうだな。

ゼナからコピーした『魔導守護者』ギフトはこれまたさすがで、魔法の威力も大幅に強化されているみたいだ。

次は弓で狙ってみた。

そこそこ距離はあったが、放った矢はあっさりゴブリンの頭部を射抜く。

まだレベル2のオレだが、スキルの補正によって命中率が大きく上昇しているので、中ランク冒険者くらいの狙撃精度はあるようだ。

まあ攻撃力《パワー》はちょっと足らないけどな。

今度は『隠密』スキルを使って暗殺を試してみる。

『隠密』は随時発動《アクティブ》タイプなので、ＭＰを消費してスキルを発動し、自身の気配を消す。そのままゴブリンの背後に回り込んでスルスルと近付くと、後ろからその喉《のど》をサクッと斬り裂いた。

これだけ楽勝だと、戦闘もめっちゃ楽しいな。弱い者いじめをしてるようで少々気が咎《とが》めるが、自分が強いことを確認できて嬉しくなる。

オレは次から次へとゴブリンを倒し、自分のレベルを上げていく。

レベル５になったところで休憩し、一度ここまでのことを整理する。

アダマンタイトの剣は、ゴブリンが弱すぎてその斬れ味がイマイチよく分からない状態だ。もっと手強い敵と戦ったら、その真価が分かるはず。

一応アダマンタイト製の盾も持っているのだが、自分には必要ない気がしてきた。

左手が埋まっているとどうも戦いづらいのだ。オレは弓も魔法も暗殺もできるので、盾は使わないほうがいい気がする。

さて、持っているスキルの検証もだいたいできたので、次の段階に進もう。

オレは『スマホ』でそこら辺をうろつくゴブリンを写してみた。安全重視で写真をあと回しにしていたが、レベル５まで上がればもう大丈夫。

ということで、写真に撮ってそのステータスを確認してみる。

……あれ、思ってたよりもいいステータスだな。弱いことには違いないけど、レベル１だと結構苦戦しそうな相手だぞ。

ゴブリンなら楽勝だろうと思ってここまで倒しに来たんだけど、少しナメた考えだったらしい。

レベル1なら、本来はゴブリンよりも弱いモンスターでレベリングするべきなんだろうな。昨日取得したたくさんのスキルたちに本当に感謝しないと。

……えっ？　ちょっと待て⁉　ゴブリンのステータスにも『能力を取得』ってのが出てるぞ！

『嗅覚（小）』というスキルがその対象になっている。タップしてみると、人間相手と同じようにスキルを取得することができた。

おいおい……ってことは、オレはモンスターの能力も使えるようになるってこと⁉

これは凄いぞ。モンスターのスキルを持ってる人なんて聞いたことがない。

そもそも、モンスターがどんなスキルを持っているのかすら誰も知らないだろうし。

こうなると、モンスターのスキルもコレクションしてみたくなった。

ここからもう少し行ったところに、確かノーマルスライムの棲息地があったよな？

物理攻撃の効かないスライムは意外に強敵で、油断すると手痛い目に遭ったりする。だから避けて、まずはゴブリンから挑戦してみたわけだけど、今なら大丈夫かもしれない。

上位のスライムはまだ危険だが、ノーマルスライムなら問題ないだろう。

せっかくここまで来たので、オレはスライムとも戦ってみることにした。

☆

少し先に行ったところに湿地帯があった。

ここにノーマルスライムがちらほら棲息しているらしいので、居場所をスキルで探知してみる。

ほどなくして存在を探知できたので、近くまで行って確認してみることに。

一見分かりづらいが、湿った地面にのっぺりと広がっているスライムを見つけた。相手はオレにまだ気付いていないようだ。

ゴブリン同様、写真に撮ってそのステータスを確認してみる……液体生物だけに、変わったステータスをしているな。

持っているスキルは『物理無効』。

『物理耐性』ではなく『物理無効』は、剣などの物理攻撃を完全にノーダメージにするスキルだ。

スライムは液体生物なので当然と言えるが、人間であるオレはこれを使えるのか？

タップしてみると本当に取得できたので、スキルを発動してみた。そして剣で軽く自分の左腕を斬ってみる。

おほおっ！　斬れてない！

オレの腕は柔《やわ》らかいゼリーのように半液状化していて、押しつけた剣をプルンと挟み、そのまま滑《すべ》らせても傷一つつくことはなかった。

もう少し強く斬っても同じだった。

思いきって腕を斬り落としてみようとしたが、剣は腕をすり抜けてしまった。

人間でも『物理無効』が使えた！　ということは、オレは剣で斬られて死ぬことはないのか？

体をバラバラにされたらどうなるか分からないので油断は禁物だが、少なくとも一撃斬られた程度なら問題ないようだった。

これは初日からとんでもないスキルが手に入ったぞ！

ただし、『物理無効』を発動するとオレの体が半液状化してしまうので、こちらから攻撃することが難しくなる。なんと、オレが身に着けているものまで一緒に半液状化するので、アダマンタイト製の剣ですら柔らかくなって無意味だ。

つまり、ずっと発動しているわけにはいかない。あくまでも防御時の非常手段という感じである。

それでも、この能力が凄いことには変わりないが。

スキルをくれたことに感謝しつつ、『ファイア』でスライムを退治した。この調子でモンスターのスキルも手に入れたら、オレは世界最強も夢じゃないかもな。

ほんの少し前まで、オレは未来に絶望すら感じていた。

しかし、今はもう違う。無限の可能性を感じている。

この『スマホ』を使って絶対に成り上がってやる！

そのあと、オレは辺りにいるモンスターを狩り続け、最終的に今日はレベル8まで成長することができた。

できればレベル10までいきたかったが、この辺りのモンスターは弱いのでこんなもんだろう。

それでも、初日としては充分な成長だ。

今のステータスを確認してみるとこんな感じである。

【名前】リューク
【レベル】8
【HP】96／96
【MP】43／43
【筋力】25
【素早さ】23
【器用さ】21
【耐久力】28
【知力】17
【魔力】20
【異常耐性】10
【魔法耐性】15
【幸運】9

よしよし、レベル1とは比べものにならない数値だぜ！
『筋力（極）』や『素早さ（大）』などのスキルによって補正がかかるので、実際にはもっと上の能力が発揮されるのだが、ステータス上の数値は基本値しか表示されない。

ステータスは、剣で戦えば物理系が伸びていくし、魔法で戦えば魔力系が伸びていく。

オレの場合はどちらも使っているので少し中途半端になるかもしれないが、せっかくスキルをたくさん持っているのだから、オールマイティータイプを目指してみようと思う。

ただ、レベル8になると、レベルアップに必要な経験値も増えてくるので、ここのモンスターではもう物足りない。

明日は別の場所に行って、ワンランク上のモンスターでレベリングすることにしよう。

本日の作業を終えて、オレは街に帰った。

2. 伝説級のスキル

レベリングを始めて六日目。オレは現在レベル24になっていた。

我ながら、この成長速度は結構凄い。戦闘にもだいぶ慣れたし、モンスターのスキルもかなり増えたので、今のオレの強さは通常のレベル30以上はあると思う。

いや、『剣聖』などのSランクギフトやアダマンタイト製の装備を考えたら、レベル40以上の強さはあるかもしれない。

今のオレのステータスはこんな感じだ。

【名前】リューク
【レベル】24
【HP】495／495
【MP】231／231
【筋力】110
【素早さ】102
【器用さ】97
【耐久力】122
【知力】75
【魔力】84
【異常耐性】31
【魔法耐性】52
【幸運】27

これくらい強ければもう少し危険な相手にもチャレンジできるため、本日はある場所に来ていた。

それは、様々なスライムが棲息する、スライム群棲地だ。

目的は、各スライムが持つスキル。

スライムは生物として特殊な性質を持っているものが多いので、そのスキルも希少なはず。まあ仮に持っているスキルが平凡だとしても、ここのスライムは経験値も多いから、レベリング場所としても問題ない。

どちらにしても来て損はないと思ったのだ。

『探知』スキルで居場所を探し、早速スライムのもとへ行く。

（おおっ、赤いスライムだ！）

燃えるように真っ赤な体色をしているのは、スライムの上位種レッドスライム。

こいつはなんと魔力で炎を放ってくるので、ノーマルスライムなんて目じゃないほど危険なモンスターなのだ。

オレはまずレッドスライムを写真に撮ってステータスを確認する。

やった！　予想通り、『物理無効』以外にもスキルを持ってた！

レッドスライムには火炎系の攻撃が一切効かない。このことから、そういう防御スキルを持っているのではと推測したのだが、思った通り『火属性無効』というスキルを持っていた。

オレはありがたくそれを取得させてもらう。

よっしゃあ、これでもうオレに炎は効かない！

レッドスライムの役目はこれで終わり。

レッドスライムは水属性の魔法に弱いので、オレは水属性の第五階級魔法『コールドブラスト』を撃つ。

冷凍波が爆風のように吹きつけられ、あっという間にレッドスライムは凍りついた。

こいつ相手に『コールドブラスト』はオーバーキルの威力なのだが、ＭＰが実質無限のオレはあまり魔法を節約する必要がない。よって、バンバン惜しげもなく中級クラスの魔法を撃っている。

上位の魔法を使うには、まだちょっと最大ＭＰが足りないんだけどな。第三階級とか数百ＭＰ消費するし。

この辺りの相手には、そんな魔法なんて使う必要ないけど。

次はブルースライムと遭遇する。

こいつはレッドスライムとは逆に、水属性に耐性があって火属性に弱い。

ステータスを確認すると、やはり『水属性無効』を持っていた。

レッドスライムのときと同じように、スキルをもらったあと、弱点である火属性魔法を使ってブルースライムを倒す。

こんな調子でオレは辺りを歩き回り、ひたすらスライムを探しては、スキルだけもらって倒していった。

しばらくこの作業を続けていると……

ピロリロリン。

なんだ今の音は？

『スマホ』から鳴った気がしたので調べてみると、画面に『新しい機能が使えます』と表示された。

新しい機能ってなんだ？

その文字をタップすると、何やら地図みたいなのが画面に出た。

よく見ると、それはこの辺りのマップのようだった。

どういうことだ？　まさか……！

自分のレベルを確認すると、たった今25になっていた。恐らく、このレベルアップによって『スマホ』が新しい機能を覚えたということなのだろう。

なんと、『スマホ』もオレとともに成長していくらしい！

現時点でも充分凄いのに、さらに進化していくなんて……

ますます自分のレベリングが楽しくなってきたぞ。

マップにはオレの現在地も表示されているので、いちいち地図で確認しなくても自分のいる場所が分かるようになった。マップの拡大や縮小も自由自在で、おかげで移動がだいぶ楽になり、レベリングもさらに捗りそうだ。

その後も作業は続き、数時間後には火、水、風、土、光、闇の六属性を無効化できるようになっていた。

これでもうオレにはほとんどの属性攻撃が効かない状態だ。

というのも、八つの属性魔法のうち、残りの二属性は聖と無で、どちらにも攻撃魔法はない。聖属性は主に回復や結界などの魔法で、無属性は強化《バフ》や弱体化《デバフ》、『飛翔《フライ》』や『探知《サーチ》』などの補助系魔法だからだ。

ただ、これら属性魔法とは別の括《くく》りの強力な魔法も存在するので、六属性を無効化できるといっても慢心するわけにはいかない。

そういう魔法の無効化スキルもゲットしたいが、どのモンスターが持ってるか分からないんだよな。まあ気長に探すしかないな。

なお、『物理無効』は発動すると肉体が半液状化してしまう欠点があるが、『属性無効』については欠点はないので、ずっと発動していても問題はない。


今日の目標を無事達成したので帰ろうとすると、また敵の気配を探知した。

ここまで来たらついでと思って行ってみると、そこには珍しいスライムがいた。

黄金に輝く体色……ゴールデンスライムだ！

あまり見かけることのないレアなスライムで、強くない割にかなりの経験値がもらえる、美味《おい》しいモンスターとして知られている。

その魔石も高い値段がつくので、出合ったら非常にラッキーだ。

そういや、コイツはどんなスキルを持ってるんだろ？

ゴールデンスライムは特に魔法を無効にすることもないので、ほかにスキルを持ってないような気もするが、一応『スマホ』で撮影する。

『経験値十倍』スキル……？　なんだそりゃ、聞いたことないぞ!?

『鑑定』でさらに詳しく調べてみると、これはモンスターを倒したときにもらえる経験値が十倍になるという、超レアスキルだった！

少なくとも、これを持っている人間なんて歴史上確認されていない。

ゴールデンスライムがこんな凄いスキルを持っていたとは……！

オレは指を震わせながら『経験値十倍』スキルを取得した。これでオレは他人の十倍の速度で成長することができる。

なんか上手くいきすぎて怖いくらいだ。神様ありがとう！

オレはゴールデンスライムを見逃すことにした。こんなにいいスキルをもらって殺しちゃうのは、さすがに申し訳なく感じたからだ。

モンスター相手におかしいが、まあオレなりのお礼だ。

そういえば、レベリングを始めてからアニスと会ってない。

冒険者は普通、ギルドに長々と滞在することはないし、オレも目的が済んだらすぐに出発しちゃうので、それで入れ違いとかになっているのかもしれない。

早く成長して、アニスと並べるような男になりたい。

雲の上の存在だったアニスが、今は近くに感じる。

頑張って絶対追いついてやるぞ！

伝説級のスキルを手に入れて、オレは超ハイテンション状態で街へと戻った。

3．進化していくスマホ

レベリングを始めて十日目。

先日取得した『経験値十倍』スキルの効果もあって、オレは順調に成長し、現在レベル49にまでなった。

ステータスはこの通り。

【名前】　リューク
【レベル】　49
【ＨＰ】　１４１３／１４１３
【ＭＰ】　６２４／６２４
【筋力】　３０６
【素早さ】　２８８
【器用さ】　２７５
【耐久力】　３３０
【知力】　２２４

【魔力　】　246
【異常耐性】　113
【魔法耐性】　178
【幸運　】　71

豊富な所持スキルを考えると、オレの強さはBランク冒険者ほどに到達しているとは思うのだが、正式な依頼を受けずに勝手にモンスターを倒しているので、冒険者ランクはまだ初心者《ノービス》であるFのままだ。

もちろんギルドに無許可で討伐する場合はタダ働きとなるが、オレは恐らく金に困ることはないから、依頼達成の報酬にこだわる必要がない。そのため、受付で煩《わずら》わしい手続きをせず、モンスターの棲息地だけ確認して出かけている。

無理をすればもっとレベルを上げられたが、現状では危険なことをする必要もないので、あまり強敵とは戦ってない。

何よりスキル集めを重視しているので、経験値を稼ぐことよりも、有用なスキルを持っていそうなモンスターを優先して倒しているのだ。

ちなみに、オレにとって一番怖いのは、持っている豊富なスキルを使う間もなく殺されてしまうことだった。

闇属性の魔法やモンスターの持つ能力などに、一瞬で命の火が消える攻撃――即死攻撃というものがある。この即死攻撃を喰らったら、どんな強力なスキルを持っていても無意味だ。

ということで、オレはすでにアンデッドのスケルトンから『即死無効』のスキルを取得している。

アンデッドはすでに死んでいるため、即死攻撃が絶対に効かない。だから『即死無効』を必ず持っている。

これを手に入れたオレは今後即死攻撃を喰らうことがなくなった。

ほかにも危険な特殊攻撃をしてくるモンスターがいるので、その対策をしているところである。


今日は『石化耐性』を取得するため、爬虫類《はちゅうるい》型モンスターのバジリスクが棲息する山にやってきていた。

石化は喰らえば即死級に怖い攻撃だ。とはいえ、即死攻撃と違って石化状態には度合いがあるので、弱めの石化なら聖属性の魔法で治療することができる。

しかし、高ランクモンスターが使ってくる強力な石化攻撃の場合、瞬時に石化してしまうので、そのまま治せず死亡してしまうことがあるのだ。

即死攻撃と同じく、これも絶対に避けたいところ。

バジリスクがよく潜んでいる岩場を探索していると、一体隠れているヤツを探知した。

体長は長い尻尾《しっぽ》を入れて八メートルほど。

『隠密』スキルを発動しながら慎重に近付き、写真に撮ってステータスを確認する。

よしよし、予想通り『石化耐性（中）』を持ってた！

『石化無効』じゃないのは残念だけど、状態異常を無効にするスキルは結構レアみたいで、今のところ持っているヤツには出合えてない。そのため、オレが手に入れた耐性スキルも、『毒耐性（特）』、『麻痺《まひ》耐性（大）』、『睡眠耐性（大）』などだ。

まあオレはまだ強力な上位モンスターとは戦ってないから、そういうヤツらなら無効スキルを持っているのかもしれないが。

ちなみに、耐性スキルを持っている人は稀《まれ》で、基本的にはステータスにある『異常耐性』という項目の数値が耐性の目安だ。レベルが上がることによってこの数値も上がり、強い状態異常攻撃にも耐えられるようになる。

モンスターが持つような耐性スキルを人間が取得するのは難しく、効果が（中）を持っていれば凄い部類と言える。

実際ステータスを確認しまくったときも、耐性スキルを持っている人はほとんどいなかった。

ドラグレスクラスになるとさすがにいくつか持っていたが、Aランク冒険者でも持ってない人のほうが多い。

その貴重な耐性スキルを、今オレはモンスターから集めている最中というわけだ。

オレはまだレベル49だが、集めた耐性スキルのおかげで、恐らく状態異常にはSランク冒険者並に強いはず。耐性スキルはオレのレベルアップとともに成長するので、頑張って（特）くらいまでは育てたい。

バジリスクは、ほかに『石化視線（中）』という石化攻撃スキルも持っていたので、これもついでに取得しておく。

石化攻撃については闇属性の魔法にもいくつか存在するので、『石化視線』が特別凄いということはないが、詠唱なしで使えるのは便利かもしれない。

スキルを全部取り終えたので、そのまま近付いてサックリ始末する。

バジリスクの体は硬い鱗《うろこ》に覆《おお》われているのだが、アダマンタイト製の剣なら簡単に斬ることができた。

弱いモンスターではイマイチその凄さが分かりづらかったが、これくらいの相手になってくると、その真価を存分に発揮してくれる。

「あとはこの辺りにグリーフハーピーもいるはずだが……」

グリーフハーピーは半人半鳥のモンスター、ハーピーの上位種で、その鳴き声は聞いた者に状態異常をかける。

今のオレでも少々危険な相手だが、せっかくここまで来たのだから、持っているスキルをいただいて帰りたいところだ。

慎重に周囲を窺《うかが》いながら歩き回っていると、それらしき存在を探知した。

目の前の大木の上に恐らくいる。

上を見上げてその姿を探すと、思った通りてっぺん近くに留まっているのを発見した。『スマホ』で写し、そのステータスを見てみる。

うーん、『呪禍《じゅか》の嘆き（中）』と『鈍重《どんじゅう》耐性（中）』ってのを持ってるな。

『呪禍の嘆き』というのは恐らくグリーフハーピーの特殊な鳴き声のことだ。これを聞くと全身の筋肉が固まり、上手く動けなくなるらしい。

いわゆる『鈍重』という状態異常で、レジストに失敗したら動きがスローになってしまう恐ろしい攻撃だ。こういう特殊攻撃を持ってるヤツは本当に恐いので、これからも絶対に気を付けなくてはならない。

何はともあれ、『呪禍の嘆き（中）』と『鈍重耐性（中）』両方ともありがたくもらっておく。

ちなみに、グリーフハーピーが飛行するためのスキルを持ってないのは、スキルで飛んでいるわけじゃなく、翼を使って飛んでいるからである。

裏を返せば、スキルや魔法の能力で飛んでいるモンスターも多い。

人間の場合も同じで、無属性魔法にある『飛翔《フライ》』という魔法で飛ぶことができる。ただし、長時間の飛行は無理で、あくまでも短時間だけ空に浮ける感じだ。

『飛翔《フライ》』はすでにオレも使えるが、グリーフハーピーに気付かれたくないから地上でこそこそしている。

スキルをいただいたので、『追尾照準（中）』を発動し、グリーフハーピー目がけて矢を放つ。

これは多少狙いがずれても自己修正して、目標に向かって追尾《ホーミング》する効果がある。

放った矢は緩く弧《こ》を描きながらグリーフハーピーに命中した。

すると、またしても先日と同じピロリロリンという音が鳴った。

ひょっとしてと思い、オレは『スマホ』を確認してみる。

おっ、やっぱり新しい機能を覚えてる！

オレのレベルが50になったので、また『スマホ』が成長したのだ。どうやら25レベル上がるごとに進化していくらしい。

新しく覚えたのは、『翻訳』という機能だった。

翻訳というと、古文書《こもんじょ》に書いてある昔の文字や、一部の部族が使っている言葉を標準語に直す作業だけど、それを『スマホ』がやってくれるということだろうか？

詳しく調べてみると、『スマホ』の翻訳はもっと凄いものだった。

なんと、モンスターや動物の言葉も、人間に通じるように変換してくれるらしい。もしかして、モンスターと会話ができるってことか？

オレは適当にモンスターを探して試してみることに。

近くに体長三メートル五十センチのワイルドベアーがいたので、『スマホ』の翻訳機能で話しかけてみた。

「ガウ、ガウガウゴオグオオ（オレはリューク、オレと友達にならないか？）」

『スマホ』に言葉を吹き込むと、ワイルドベアー語に変換されてうなり声が出てきた。

これ、ちゃんと通じてるんだろうな？　なんか心配だぞ？

「グルルル……ゴオオオウッ！」

ワイルドベアーは威嚇《いかく》するように吠えてきた。

それを『スマホ』で翻訳してみる。

「オレ腹減った。お前食う」

うん、合ってるのかどうかは分からないが、とりあえず友好的なことは言ってないだろうなというのは、ワイルドベアーの態度からも分かる。

直後、ワイルドベアーは一気にオレのところに近付き、その凶悪な爪でオレを襲ってきた。

ズルンッ！

巨大な爪は、オレの体をぬるりと通り抜けた。スライムから取得したスキル『物理無効』をオレが発動したからだ。

オレが無傷なのを見て、ワイルドベアーが混乱している。

「よいしょっと！」

すぐに『物理無効』を解除し、アダマンタイトの剣でワイルドベアーをぶった斬った。

この手の物理攻撃しかやってこないモンスターは、今のオレにとってはほぼ怖くない。

ただ、力ずくでバラバラにされたら不安なので、慢心しないように気を付けてる。

『翻訳』については、モンスター語が分かったところでちょっと無意味かもな。まあでも、何かのときに役立つかもしれないので、機能のことは覚えておくことにしよう。

その後も適当にモンスターを倒し、スキルを集めつつレベリングをした。

今日はこんなところでいいだろう。オレは暗くならないうちに帰路についた。

☆

レベリングを始めて十五日目。

本日も順調にモンスターを倒していると、『スマホ』がピロリロリンと鳴る。

レベル75になったので、また新機能が発現したのだ。

どれどれ、今度はどんな能力が出てきたのかな？

自分の成長もさることながら、この『スマホ』の進化もオレの楽しみの一つだ。

今でも充分凄い能力を持っているのに、まだまだその奥があるなんてワクワクする。

調べてみると、『検索』という機能が使えるようになっていた。これは『鑑定』と似ているが、『スマホ』で行う『鑑定』は対象の写真を撮らないといけないのに対し、『検索』は文字を入力するだけで色々調べることができるらしい。

恐らく、辞書や辞典に近い能力だと思われる。

なんとなく前世でもこの機能をよく使っていたような気がするが、残念ながら詳しくは思い出せない。

試しにゲスニクのことを『検索』で調べてみたら、統治している領地の面積や、抱えている私兵の人数、持っている財産などが出てきた。

ただ、本人の経歴は一切出てこないし、性格についても書かれていない。

『検索』で分かることにも限界があるようだ。

アニスのことも『検索』してみたが、現在の冒険者ランクや『剣姫』という異名が分かるだけで、例えば本人の出身地すら載っていなかった。

当人の素性や性格などの内面は調べられないのかもしれない。

ならばと、持っているアイテムを色々『検索』で調べてみたら、製作方法や素材などが詳しく書かれていた。

国名を入れればその場所や特徴なども載っているし、言葉の意味なども『検索』で簡単に分かる。

こういう使い方は便利だ。

なんでも調べられる辞書程度に思っておけばいいか。

……そうだ、この『スマホ』ってギフト自体を調べてみよう。

オレは『検索』で『スマホ』を調べてみる。しかし、『異世界の通信機器』としか出てこなかった。

どうも本来の『スマホ』とオレの『スマホ』ギフトは性質が違うらしい。確かに、オレのおぼろげな記憶でも、『スマホ』はこんなものではなかったように思う。

自分で少しずつ検証していくしかないな。

あ、なら『Xランク』を調べてみるか！

最初に授かったときからずっと謎だった。果たしてこれはどういう意味のランクなのか？

『検索』してみると、『X』とは『Extra《エクストラ》』の略らしい。意味は『特別』とか『極上』で、つまりオレの『スマホ』は特別なギフトだったということだ。

真実を知って、オレは嬉しくなった。

やはり普通のギフトじゃなかった。このギフトを使って、オレは成り上がってやる！

このあと、体を金属のように硬くする『身体硬化（中）』や、傷をすぐに修復する『損傷再生（中）』などのモンスタースキルをゲットして、今日の活動を終了した。

4. 剣姫と再会

レベリングを始めて三週間が経った。

ここまで来ると、一つレベルを上げるのにも多くの経験値が必要となるので、さすがにレベルアップの速度が遅くなってくる。

それでも『経験値十倍』の効果もあって、現在のレベルは90に到達した。

オレの強さはもうSランクくらいある気はするが、そのSランクの力がどの程度なのか知らないのでイマイチ不明だ。彼らが本気で戦ってるところを見たことないしな。

基準として、Sランクにはレベル１００以上のステータスが必要と言われているので、数値的にはまだまだオレはSランクに及ばない。

レベル90と１００では、近いようで大きく違う。レベルが高くなるほど、一つ上がるごとに各数値も大きく上がるからだ。

それに、レベル100以上ならSランクになれるというわけでもなく、授かったギフトや戦闘センスも大いに関係してくる。ギフトはともかく、戦闘センスがオレにあるかどうかだ。

ただ、豊富なスキルを持っているオレの強さは、常識では測れない。

まあ、あまり慢心せずに、着実に力を上げていきたいところ。

とりあえず、めぼしいスキルはだいたい取得したので、今はレベル上げに勤《いそ》しんでいる。

これ以上のスキルを手に入れようと思ったら、今後はかなりの強敵と戦わなくちゃいけないからな。今は強さの底上げをしている最中というわけである。

今のステータスはこんな感じだ。

【名前】　リューク
【レベル】90
【HP】　3897／3897
【MP】　1640／1640
【筋力】　814
【素早さ】771
【器用さ】745
【耐久力】876

【知力　】　658
【魔力　】　702
【異常耐性】　281
【魔法耐性】　452
【幸運　】　156

レベルがかなり上がったので、スキルの効果はほとんど（大）以上になった。

異常耐性については耐性スキルをたくさん持っているから、ステータスの数値はあまり関係ない状態だ。

ちなみにモンスターから採取した魔石は、ある程度集まったらギルドに買い取ってもらっている。

コピーのおかげでお金には困らないオレだが、金貨などを大量に作ると価値が暴落する可能性があるので、なるべく自分で稼ぐことにしたのだ。

オレが依頼も受けずに魔石だけ持っていくので、ひょっとしたらギルドは不審に思ってるかもしれないが、今のところ特に詮索《せんさく》はされてない。ただ、討伐対象のモンスターがいつの間にかいなくなってるので、それについては首をかしげているようだ。


さて、今日はちょっと強敵にチャレンジしてみようかと思っていたところ、ギルドである人物を目にした。

『剣姫』アニスだ！

約三週間ぶりにその綺麗な姿を見て、思わずオレのテンションは上がってしまう。

アニスは受付で何かの手続きをしたあと、少し辺りを見回してからオレのほうへ歩いてきた。

どうしよう、声をかけてみようか。

いや、ほとんど面識がないのに、やっぱり迷惑だよな。

変な印象を持たれて嫌われたくないので、オレはそのまま去ることにした。

いずれSランクになったら、そのとき挨拶すればいい。きっとそう遠くないうちに実現するはず。

と言っても、オレは依頼を受けずに勝手にモンスターを倒しているので、未だにFランクのまま昇級してないけど。

通常は、依頼を達成することで実績を積み上げていき、それに応じて一つずつ冒険者ランクも上がっていく。

ただし、Sランクだけは例外で、試験に合格しない限りSランクにはなれない。

この試験はどんなランクからでも受けることが可能で、合格すれば飛び級でSランクになることができる。

そんなことするヤツは滅多にいないらしいが、制度としては問題ないので、挑戦することも考えているところだ。

おっと、アニスの写真を撮るのを忘れてた！

少し歩いてから一応写真だけでも撮ろうと振り返ったら、すぐ目の前にアニスが立っていた。

「うおえっ⁉」

いきなり後ろにいてオレは驚いてしまった。

つい変な声を出してしまい、慌てて口を閉じる。初対面のときといい、またしても変なヤツと思われちゃったぞ！

しかし、なんでオレの後ろにいたんだ？

「あなた、怪我はもう大丈夫みたいね」

アニスはオレの目を見ながら言葉を発していた。

オレに話しかけていると気付いたのは、ワンテンポ遅れてからだった。

それも、初めはなんのことを言ってるのか分からず、一瞬考えてから、三週間前ドラグレスに蹴られた怪我のことを聞いていると気付いた。

「ああえぇはは、ももうすすっかり治りました。あああの、いただいた回復薬のおかげです」

オレは緊張で口ごもりながら、やっとの思いで返事をする。

アニスはオレのことを覚えていたんだ。まあ、あんなシーンを見たら記憶に残るか。

絶対いい印象ではないよな。

カッコ悪いところ見られちまったけど、でもおかげでオレは命拾いをした。

今度はオレがアニスの力になりたいと思ってるけど……

「あの……アニスさん、最近あまり見かけませんでしたが、どこかに行ってたんですか？」

オレはのぼせてドギマギしている心を落ち着けながら、なんとか言葉を出す。

「アニスでいいわ。ここのところ、迷宮にずっと潜《もぐ》っていたの。今日は一度中断して、道具などの補充に来たのよ」

迷宮っていうと、この近くで新しく見つかったダンジョンのことか。

そういえば、そのために冒険者たちが集まってきてるんだっけ。

「オ……オレも今度迷宮に挑戦しようと思ってるんです。い、いつかアニスさ……アニスと一緒に攻略できたらいいなとか、いや、生意気なこと言ってスミマセンっ」

オレはいったい何を言ってるんだ⁉

やばい、なんかめちゃくちゃ舞い上がって、自分の思考がコントロールできねえ！

「ふふっ、期待しているわ」

アニスは軽く微笑《ほほえ》んだあと去っていった。

オレはFランクだけど、バカにされたような感じはなかったな。というか、もしかしてオレと話すためにすぐ後ろにいたんだろうか？

ああ、写真写真！　本来の目的を思い出し、慌ててアニスの後ろ姿を撮る。

と、そのとき、またしても後ろから首を掴まれる。

二メートルの大男バーダンだ。あのときと同じように、仲間の男たち三人もいる。

「おい黒髪小僧っ、アニスには近付くなって言ったはずだぜ」

そういやコイツらも見かけなかったけど、アニスと一緒にダンジョンに潜っていたってことか。

相変わらず凄い怪力だが、三週間前のオレとはちょっと違うぜ。

オレはバーダンの腕を掴み返し、力ずくで外す。

単純なステータスではまだ敵わないが、オレにはドラグレスから取得した『筋力（極）』がある。

おかげで簡単に力負けすることはない。

「お、おめえっ、この力は……!?」

「アニスにはオレから近付いたんじゃないぜ。もっとも、お前の命令に従う義務はないけどな」

オレはバーダンの腕を掴みながら睨み返す。

それに気圧《けお》されたのか、バーダンは何もせず黙ったままだ。

「けっ！　今日のところは勘弁してやる」

しばしの膠着《こうちゃく》状態が続いたあと、バーダンは捨て台詞を吐いて仲間と一緒に去っていった。

その四人の後ろ姿を写真に撮ってステータスを確認する。

【名前】　バーダン
【レベル】　118
【HP】　8430／8430
【MP】　862／862
【筋力】　1824
【素早さ】　1343
【器用さ】　1287

【耐久力】　２３５０
【知力　】　３２２
【魔力　】　３７６
【異常耐性】　８０９
【魔法耐性】　５８８
【幸運　】　２１５

なるほど、偉そうにしているだけはある。胸に付けている金《ゴールド》のランクプレートは飾りじゃなかったか。

バーダンのステータスはドラグレスほどじゃないが、やはりSランクに相応《ふさわ》しいものだった。

レベルは１１８、ギフトも『戦王《せんおう》』というSランクのものを授かっていて、これは剣士で言うところの『剣聖』に相当する。

『剣聖』よりも剣技では劣るが、その分非常にタフで、ケタ外れのパワーがある。

ちなみに、戦士系のギフトの格付けはこうなっている。

SSランク　戦神《せんじん》
Sランク　戦王
Aランク　戦鬼《せんき》

Bランク　特級戦士
Cランク　上級戦士
Dランク　中級戦士
Eランク　下級戦士

オレもだいぶ強くなったが、バーダンに勝てるかどうかは微妙だ。

『物理無効』を使えばバーダンの攻撃を封じることはできるが、バーダンを倒せるだけの決め手がオレにはない。

バーダンの必殺攻撃に対しても、『物理無効』で本当に耐えられるか確信がない。『戦王』の破壊力は脅威だ。

魔法を当てることができれば勝てるかもしれないが……まあ現状は引き分けがいいところだろう。

ほかの三人の男たちも、バーダンに引けを取らないほどの強さだった。

一人はゼナと同じ魔導士で持っているギフトも『魔導守護者』、残りの二人は弓術士と神官で、持っているギフトはSランクの『弓王《きゅうおう》』と『聖者《せいじゃ》』だった。

弓術士系と神官系のギフト格付けはこんな感じだ。

SSランク　弓神《きゅうじん》
Sランク　弓王

Aランク　弓鬼《きゅうき》
Bランク　特級弓術士
Cランク　上級弓術士
Dランク　中級弓術士
Eランク　下級弓術士

SSランク　聖帝《せいてい》
Sランク　聖者
Aランク　大司教
Bランク　特級神官
Cランク　上級神官
Dランク　中級神官
Eランク　下級神官

オレはありがたく『戦王』、『弓王』、『聖者』のギフトと、ヤツらの持つスキルを取得させてもらう。

むかつくヤツらではあるが、これについては素直に感謝しておきたい。

バーダンを含めた四人はギルドの奥のほうでアニスと合流していた。

本当に仲間なんだな……まさかとは思うが、あの中にアニスと付き合っているヤツがいるんだろうか？

アニスと会話できていい気分だったのに、オレは嫌な可能性を考えて落ち込んでしまった。

……いや、今はただ頑張るしかないな。

せっかく素晴らしいギフトを授かったんだから、まず自分をしっかり成長させなければ。

我ながら天狗《てんぐ》になりつつあったので、油断しないよう自分を戒《いまし》める。

アニスはアニス。オレはオレだ。

そのアニスのステータスも確認してみたが、持っていたのはSランクの『剣聖』だった。

ドラグレスと同じだが、アニスはレベルが１０７だし、スキルも全体的にドラグレスのほうが高い。

アニスでもドラグレス相手ではまったく勝ち目はないだろうな。

オレは改めて気を引き締め、本日もレベリングに励むのだった。

5. 最速のレベル100

夕方。本日も活動を終えて、オレは冒険者ギルドに戻ってきた。

レベリングを始めて一ヶ月。今日の戦闘で、ついにオレはレベル１００を超えた。

冒険者になりたての頃――『スマホ』の力に目覚める前は、レベル100なんてオレでは絶対に無理だと思っていたが、それがまさか一ヶ月で到達できるなんてな。多分史上最速だと思う。

これも『スマホ』とゴールデンスライムから取得した『経験値十倍』スキルのおかげだ。

レベル100になったとき、また『スマホ』が進化した。

新しく発現した機能は、『写真合成』というものだった。

調べてみると、写真に撮った装備やアイテムに、魔法などの効果を合成できる機能のようだ。

試しに、ミスリルの剣に火属性魔法を合成してみると、『炎の剣』が完成した。

これはめっちゃ凄いぞ。効果が付与されている装備は、いわゆる『魔導装備』と呼ばれるものだけど、これにはとんでもない価値がある。

ダンジョン以外で手に入れるのはまず不可能で、ちょっとした効果のものでもかなり高額で取引されるらしい。それを、オレは簡単に作れるようになってしまったのだ。

ただし、なんでも合成可能というわけじゃなくて、装備と付与効果には相性があるみたいだ。

この『魔導装備』を使って戦えば、ますますオレに敵はいなくなるだろう。

あとで色々作ってみるか。

ちなみに、今のオレのステータスはこんな感じだ。

【　名前　】　リューク
【レベル】　101

【ＨＰ】　５０１４／５０１４
【ＭＰ】　２１５８／２１５８
【筋力】　１０９３
【素早さ】　１０１５
【器用さ】　９６１
【耐久力】　１１８６
【知力】　７７８
【魔力】　８３９
【異常耐性】　３６０
【魔法耐性】　５９４
【幸運】　１８６

【ギフト】
『剣聖』『戦王』『弓王』『魔導守護者』『聖者』『忍者』『特級拳闘士』

【技能系スキル】
『属性魔法・火・水・風・土・光・闇・無・聖』
『筋力（極）』『器用（特）』『回避（特）』『耐久（特）』『根性（大）』『素早さ（特）』

『見切り（特）』『魔力（特）』『看破（大）』『遠視眼（特）』『暗視（大）』『探知（特）』

『隠密（特）』『投刃（大）』『罠解除（大）』『威圧（特）』『縮地（特）』『追尾照準（特）』

『詠唱短縮（特）』『MP増量（特）』『馬術（大）』


【耐久系スキル】

『物理無効』『即死無効』『火属性無効』『水属性無効』『風属性無効』『土属性無効』

『光属性無効』『闇属性無効』『毒耐性（特）』『睡眠耐性（大）』『麻痺耐性（大）』

『盲目《もうもく》耐性（大）』『沈黙耐性（大）』『鈍重耐性（大）』『石化耐性（大）』『精神耐性（大）』


【モンスター系スキル】

『経験値十倍』『毒霧（中）』『嗅覚（大）』『聴覚（特）』『咆哮《ほうこう》（大）』『石化視線（大）』

『身体硬化（大）』『損傷再生（大）』『呪禍の嘆き（大）』『自爆（大）』


例によってスキルはほんの一部の紹介だ。また、スキルの数が増えすぎたため、技能系、耐久系、モンスター系の三種類に分類してみた。

技能系は、経験していくことで覚えられる通常のスキルだ。もちろん、なんでも習得可能というわけではなく、本人の才能も関係してくるが。

オレの場合は、全部コピーで取得したものだけどな。

耐久系は、状態異常に対する耐性スキルだ。

敵から状態異常攻撃を受けることによって身についたりするが、滅多なことでは習得できない。

これほど持っているのは、恐らく世界でオレ一人だろう。

耐久系の中にある『精神耐性』というのは精神汚染攻撃に対する耐性で、これは肉体に対する状態異常のように各項目ごとに耐性があるわけではなく、まとめて一つの耐性となっている。

肉体に異常をきたす毒、睡眠、麻痺、盲目、沈黙、鈍重、石化、即死にはそれぞれ耐性が必要なのに対し、精神に影響がある催眠《さいみん》、恐怖、混乱、忘却、魅了《みりょう》、支配は精神耐性が高ければ全てレジスト可能だからだ。

ただし、それぞれレジストの難易度が違って、『催眠』や『恐怖』は比較的レジストしやすいが、『魅了』や『支配』などはレジストが難しくなってくる。

まあ上位吸血鬼《グレーター・ヴァンパイア》や死霊王《リッチ》クラスじゃないと使ってこない攻撃なので、あまり喰らう機会はない。

モンスター系は、モンスターのみが持つスキルだ。オレ以外に持っている人間はいないと思うが、世界は広いから調べてみないと分からない。

この大量のスキルを考えると、ドラグレスやバーダンに勝てるかどうかは別として、オレの実力はさすがにSランクに到達しているはず。

しかも、ここは通過点だ。まだまだオレは強くなるぜ！

レベル１００を超えた記念に、オレはギルドの二階にあるアイテムショップへ向かった。

☆

「おっちゃん久しぶり！　元気だったか！」

アイテムショップに行くと、坊主頭のいかつい店主が以前と同じように店番をしていた。

「……おお、お前あの貧乏初心者《ノービス》か！　どうだ、一ヶ月経ってちっとはマシになりやがったか？」

「ああ、バリバリだぜ！」

アイテムは全部コピーで出せるため、冒険者活動を始めてからオレはこの店に来ることはなかった。

でも店主はオレのことを覚えていてくれたようだ。

「ほう、確かにそれなりの装備を着けてるみたいだな。だがそんな安物じゃなく、もっといいもの着けないと上にはいけないぞ」

オレはいつも着けているアダマンタイト製の装備ではなく、あえて質の低いものを着けていた。

まあこれもこの店でコピーさせてもらったヤツだけど。

「おっちゃん、約束通り今日は装備を買いに来たんだ」

「ふむ、じゃあ特別にオレがお前に合う装備を見繕《みつくろ》ってやる」

「いや、買うものはもう決めてあるんだ」

「なんだ、ミスリル製でも買ってみるか？　それは高くて無理か、ガハハハ」

ミスリル製の装備は結構高価で、これを揃えられるようになったら一流の冒険者と言われている。

店主はオレをからかうように言ったが……

「おっちゃん、オレが欲しいのはもっといいヤツだぜ」

「ミスリルよりいいヤツだと？　生意気なこと言ってんじゃねえぞ。お前には逆立ちしたって買えない値段なんだからな」

「ちゃんと金を貯めてきたよ。オレが欲しいのは、アダマンタイト製の剣だ！」

「アダマン……バカ言ってんじゃねえっ！　冷やかしならぶっ飛ばすぞ！」

「本気だって！　ほら、これがその証拠だ」

オレは金貨を取り出して、じゃらじゃらとカウンターの上に置く。

これはコピーじゃなくて自分で稼いだものだ。レベリングしながらかなりモンスターを倒したので、その魔石の売却額が結構な金額になっていた。

オレはソロだから、儲けを分配しなくていいしな。

「おま……この金……」

「悪いことして稼いだんじゃないから安心してくれ。こう見えてもオレ、結構強くなったんだぜ？」

「……こりゃあ驚きだ。あの貧乏初心者《ノービス》が、たった一ヶ月でこんなに成長するなんてな」

「これもおっちゃんのおかげなんだ。だから約束通り買いに来た。まあ店の商品全部買うにはまだ金が足りないんで、今日はアダマンタイトの剣をくれ」

アダマンタイトの装備は一式持っているのだが、オレがここまで無事成長できたのもこの店のおかげだからな。できる限り恩返ししていきたい。

「ほれ、買ってくれてありがとよ。そういや黒髪ってのは特別な力があるとかなんとか言い伝えがあるが、お前の成長と何か関係あるのか？」

「黒髪？　あ～どうだろう？」

言われて思い出したが、黒い髪って結構珍しいんだったな。

オレは屋敷からほとんど出ないで育ったから、あまり気にしたことはなかった。

ひょっとしてアニスも、オレが黒髪だから覚えていてくれたのかも？

「まあ順調なのはいいが、油断しないように気を付けろよ。またお前が買いに来るのを楽しみに待ってるぜ」

「ありがとうおっちゃん！　じゃあな！」

オレは店を出て一階に下りる。

今日は帰ってから、少し美味いもの食べてレベル１００を超えたお祝いをするか。

次はバーダンを超えるレベル１２０目指して頑張るぜ！

第三章　初めての仲間

1．チームメイト募集

レベル１００を超えたところで、レベルアップの進みがさらに遅くなってきた。

まあここまで来ると1レベル上げるのに多くの経験値が必要だから、当然といえば当然なんだが。

でも、今までバカバカと上がりまくってたんで、少し寂しい感じはする。それだけ強くなったということなんだけどな。

経験値をより稼ぐため、これからはもっと強いモンスターにチャレンジしていくつもりだ。オレの目指している強さに近づけるよう、まだまだレベリングを頑張るぞ。

現在のオレのレベルは１０８。あの『剣姫』アニスを超えたのだ！

今のオレの実力をアニスに見せたくてたまらない。あの情けない土下座をした男が、ここまで強くなったんだぞと。

……オレのことなんて興味ないだろうけどな。

なんにせよ、アニスはまた迷宮に潜っているようで、ギルドには顔を出してない。バーダンたちも同様だ。

次にアニスが戻ってきたらオレも一緒に迷宮に行ってみたいが、ちょっと図々《ずうずう》しいか？

とりあえず、今は自分のやれることをやるしかないな。


冒険者ギルドに行ってみると、依頼掲示板に珍しい依頼が出ていた。

『キングウオームを一緒に討伐してくれる剣士を募集』

キングウオームっていえば、砂漠にいる巨大な砂竜じゃないか！

竜といってもドラゴンじゃなく、長い胴体を持った環形動物型モンスターなんだが、砂の中を移動してそのデカい口でなんでも呑《の》み込んじまう怪物だ。全長三十メートルくらいあるらしいが、ドラゴンと違って攻撃自体は単調だから、討伐はそれほど難しくないらしい。ドラゴンはSランク冒険者たちで討伐隊を組まないと倒せないが、キングウオームならAランク冒険者でもなんとか倒せると言われている。

コイツと戦ってみたい。大型モンスターと戦うのはいい経験になるからな。

というか、持っているスキルが欲しい。割と珍しいモンスターなので、是非そのスキルをコピーさせてもらいたい。まあ大したスキルは持ってないかもしれないけど。

今のオレなら、多分一人でもキングウオームを倒せると思うが、依頼の目的がメンバー募集となるとどうなんだろう？

オレが倒してくると言ったら、キングウオームの場所だけ教えてくれるかな？

ちょっと会ってみるか。受付に行って、依頼主を紹介してもらおう。

「アンタがメンバーに立候補してきた男？　まだ子供じゃないの！」

と、オレを怪訝《けげん》そうに睨みながら言ってきたのは、金髪セミロングの女性剣士だ。

受付を通して依頼主とコンタクトを取ってみたら、なんとメンバー募集をしていたのは女性三人の冒険者チームだった。

まさか、キングウオームと戦おうとしてたのが女性だったとは……

ただし、女性といっても胸に銀《シルバー》プレートを付けているので、実力充分のAランク冒険者だ。

それに比べ……

「あなた、白プレートを付けてるってことは、初心者《ノービス》じゃない！　キングウオーム討伐なんて絶対に無理でしょ？」

と、ごく当然の正論を言ってきたのは、青いロングヘアーを一本の三つ編《あ》みにしている眼鏡の女性神官。

そう、依頼を受けずに活動しているオレは、まだFランク冒険者のままなのだ。

「お前、ウチらが女チームだと知って、邪《よこしま》な気持ちで応募してきたんじゃないだろうな？」

腕組みをしながらきつい口調で話すのは、緑の髪をショートボブにした、小麦色の肌の魔導士。

いや、女性チームだなんて全然知らなかったし。ちょっと予想外の展開になってきたな。

「オレがメンバーに向かないなら、オレ一人で行ってくるから場所だけ教えてほしいんだけど……？」

と、ダメ元で言ってみたが……

「アンタ、アタシたちをバカにしてんの!? アンタが倒せるわけないでしょ！」

「そもそも何もない砂漠だから、場所の説明が難しいのよ。私たちももう一度行ってみないと、どの辺りだったか正確には思い出せないわ」

「それに、これはあたいたちが倒したいの！ まったくガキのくせに生意気言いやがって」

金髪剣士、青髪神官、緑髪魔導士が順番に発言する。やっぱダメか……

それはともかく、一応オレ十八歳なんだけどな。まあ女性たちは二十四、五歳に見えるから、オレなんてガキなんだろうけど。

女性たちの話を聞いてみると、先日砂漠で砂大蜥蜴《サンドドラゴン》を狩っていたところ、突然巨大な砂竜と遭遇したとのこと。

そのときは準備不足だったので逃げてきたらしいが、改めて準備を整えて討伐したいらしい。

「いやその……オレはFランクだけど、実はSランクくらい強いんだ」

「そんなウソついて、ひっぱたくわよ」

ううっ、ウソじゃないのに……

冒険者カードを使えばステータスを見ることができるが、これが見えるのは本人だけ。他人に見せることはできない。

もしくは、カードをギルドの検査機にかければステータスが読み取れるので、ギルドに協力してもらえばオレの強さを証明することができるけど、今のレベルをギルドに知られたくないんだよな。

ギルド長のフォーレントがゲスニクと繫《つな》がっているだけに、あまり目立ちたくないんだ……今のところは。

『スマホ』でもステータスは確認できるが、もちろんこれは見せたくない。

いっそ、この三人と模擬戦でもしてみるか？　と考えていたところで、彼女たちは話を打ち切って背を向ける。

「あたいたちを口説《くど》こうなんて十年早いんだよ。せめてBランクまで昇級してからもう一度来な」

緑髪魔導士がそう告げたあと、三人は去っていった。

口説いてないっつうの。自意識過剰じゃないのか。

まあFランクの男が一緒に行きたいなんて言ってきたら、交際が目当てと思われても仕方ないか。

冒険者ランクを上げるのは簡単だが、最初にやらされるのは雑用みたいな仕事ばかりだ。

ある程度こなせば少しずつほかの依頼の許可も下りていくけど、今さらそんな仕事なんて正直やってられない。

ギルド長フォーレントとなるべく関わりたくなかったというのもある。

そのツケが回ってきた感じだ。

今まではFランクでも不都合なことはなかったが、Fランクでは重要な仕事を任せてもらえない。

オレの実力がギルド長にバレるのは嫌だが、昇級することも考えないとな。Sランク試験ならFランクでも受けられるから、いずれ受けることも考えよう。

キングウオームについては仕方ない。今日のところはレベリングを頑張るとするか。

オレはいつも通りモンスター討伐に出かけるのだった。

☆

今日も冒険者ギルドの掲示板を見て、何か新しい情報がないか確認する。

（あれ？　この依頼、まだ誰も受けてないのか……）

三日前オレが断られた『キングウオームを一緒に討伐してくれる剣士を募集』という依頼が、まだ掲示板に貼り付けられたままだった。

まあこれを受ける人がいないのも分かる。

アニスを含めたSランク冒険者たちは最近発見されたダンジョン攻略に忙しいみたいだし、かといってキングウオームが相手では、Bランク以下の冒険者には荷が重くて手が出せない。

とするとあとはAランク冒険者になってくるが、誰も受けないのを見ると、あの女性たち三人の実力に不安を感じているのかもしれない。

キングウオーム討伐は、命懸けの戦いになることも多い。女性三人とチームを組むのは楽しいだろうが、そんな浮《うわ》ついた気持ちで挑むような相手じゃないからな。

ま、どのみちオレには関係ないことだけど。

さて、今日もレベリングに行ってくるかと思ったところで、ちょうどその依頼主――先日会ったAランク冒険者の女性三人が目の前を歩いていた。

元気がなさそうなので、気になって声をかけてみる。

「どうしたんだ？　元気ないみたいだが？」

「アンタこの前の……」

「まだメンバーが決まらないようだが、オレで良かったら力になるぜ」

「また生意気言って……」

と金髪の剣士が少し強気に言い返そうとしたけれど、すぐに肩を落としてため息をついた。

「アンタの言う通り、誰も来てくれないのよね。仕方なく、めぼしいヤツにこっちから声をかけてみたんだけど、『お前らなんかと組んでもキングウォームは倒せねえ』って断られちゃったし」

「あたいらAランクだけど、大物討伐はしたことないんだよね」

「でも実力的には充分足りていると思うの。ただ、やっぱり三人だけじゃ厳しいから、せめてもう一人助っ人が欲しいと思ってたんだけど……」

金髪剣士、緑髪魔導士、青髪神官が順番に発言する。

やっぱりオレが思った通りの理由だったか。

女性でもアニスのような天才剣士はいるし、この三人も実力的に足りないことはないかもしれないが、一緒に戦うとなるとどうしても不安になるだろう。

巨大なモンスターを相手に、女性三人に自分の命を預けられるかどうか？　そのあたりの問題だ。

「いっそ、アタシたちだけで行ってこようかとも考えたんだけど……さすがに躊躇《ため》ってるの」

「心配しすぎだってジーナ。前回と違って今回は準備も万全だから、あたいたちだけでもなんとかなるさ」

「ダメよユフィオ。人数が少ないというのは、攻撃の手数が減るってことよ。絶対にあと一人は必要だわ」

ユフィオと呼ばれた緑髪魔導士は楽天家のようで、それを青髪神官が咎める。

青髪の女性が正しいな。

助っ人の実力にたとえ不足があったとしても、人数はそのまま力になる。囮《おとり》作戦なんてことも、少人数ではやるのは難しいし。

「あの……この前も言ったが、オレじゃダメなのか？」

オレはもう一度メンバーに立候補してみた。

「そりゃどんな役立たずでもいてくれるほうがありがたいけど、アンタの命の保証ができないわ」

「あなたが死んでも私たちは責任取れないのよ？」

「オレのことなら本当に大丈夫。一緒に行かせてもらうだけでいいから」

「お前……そんなにあたいたちが好きなのか？　手伝ったところで、お前なんかとあたいは付き合わないぜ？」

オレは一切口説いてなんかないのに、なんでそうなる!?

……いや、今までさんざん男たちから口説かれてきたんだろうな。

それで先に忠告してるんだろう。仕事が片付いてからこじれたら、色々と面倒なことになるし。

「いや、ホントに口説いてるわけじゃないんだ。頼む、オレも連れていってくれ」

オレが両手を合わせて頼み込むと、三人は顔を見合わせて考え込んだ。

そして結論が出たようで、金髪剣士、緑髪魔導士、青髪神官は頷《うなず》いたあと言葉を発する。

「いいわ、一緒に連れていってあげる。いつまでもここでグズグズしてたら、キングウオームも別の場所に移動しちゃうからね」

「ただし、お前には雑用係をやってもらうからな。キングウオームとも戦ってもらうぞ。遊ばせてる余裕なんかないんだ」

「強力な魔法が入ったとっておきの魔導水晶を渡すから、それで私たちを支援してちょうだい。危険だけど頑張ってもらうわよ」

どうやら許可をもらえたようだ。

色々条件を言われたけど、まあ現地に行っちまえばなんとかなるだろ。

オレたちは改めて自己紹介をする。

ウェーブのかかった金髪をセミロングにしている女性は、剣士のジーナ。

身長は百六十八センチくらいで、スタイルが抜群にいい。

こっそり『スマホ』で写してステータスを確認したところ、ギフトはBランクの『特級剣士』で、レベルは88。Aランク冒険者として相応しいくらいの力は持っている。

一応三人の中ではリーダーらしい。

緑髪のショートボブで小麦色の肌をしているのは、魔導士のユフィオ。

身長は百六十センチほどで三人の中では一番小柄だが、一番気が強そうな感じだ。

ギフトはBランクの『特級魔導士』で、レベルは87。

魔法は火、水、土、光、無の五属性を持っていて、これもAランクに相応しい才能だ。

おしゃれな眼鏡をかけているのは、神官のキスティー。青いロングヘアーを、うなじの下辺りから一本の太い三つ編みにしている。

身長はジーナとユフィオのちょうど中間くらいで、百六十四センチってところか。

ジーナとユフィオが少し気が強いのに対して、この人は冷静なタイプに見える。チームが暴走しそうなときのブレーキ役なんだろうな。

ギフトは、ほかの二人より一ランク上のAランク『大司教』で、レベルは84。神官なので、覚えている魔法は聖属性のみだ。

ちなみに、同じAランク冒険者でも、Aランクギフトを授かった人とそうじゃない人では能力に少し差が出てくる。もちろん本人のレベルも関係してくるので、ギフトランクが上なら強さも上ということではないが、同じレベルならより上位ランクのギフトを持っているほうが能力は上だ。

つまり、キスティーが一番才能を秘めているということになる。

余談ではあるが、全員二十四歳らしい。

オレの六歳年上か……ガキ扱いされて少々やりづらくはあるが、まあ今回だけだし我慢するか。

「それじゃあ明日の朝に出発するから、遅れないで来てよね」

「一応、だいたいの予定がこの紙に書いてあるから、これを見て今日は準備を整えてちょうだい」

「寝坊すんじゃねーぞ！」

ジーナ、キスティー、ユフィオは、一言ずつ忠告をしながら去っていった。

オレは今日の活動を中止して、キングウオーム討伐に向けて色々準備をすることにした。

2. オアシスで

翌日。オレとジーナたち三人は朝八時に街を出発した。

移動は馬車を借りて、その御者《ぎょしゃ》を一番小柄なユフィオが務めている。

目的地は西のデビバラ砂漠。片道三日半で、順調なら四日目の昼過ぎにはキングウオームを目撃したという場所に着く予定だ。

結構時間がかかるのは、二日目以降は砂漠の移動になるので、馬車の進みが遅くなるからだ。着いてからキングウオームを捜索することを考慮し、移動を含めて八日〜最大二週間ほどの予定となっている。

割と長期遠征の部類だが、上級冒険者ともなるとこういう仕事も増えてくるらしく、それほど珍しくないようだ。

ダンジョンの攻略なんかだと数ヶ月かかるのは当たり前だし、場合によっては数年かけても攻略できなかったりする。

前人未到のダンジョンも多いらしいからな。

馬車はまず整備された街道を走り、五時間ほど進んだところで、砂漠方面へ向かうあまり整備されていない道へと移る。

こんな道でもそれなりに利用者はいて、なんとか馬車が通れる状態だ。

ただ、街道ではあまりモンスターと出会うことはないが、そこから逸《そ》れると遭遇率が格段に上がってくる。

ということで、早速モンスターが現れた。

オレの『探知』スキルがその存在を捉えた直後、ユフィオが使っていた探知《サーチ》の魔法もモンスターに反応を示した。

探知《サーチ》は無属性魔法で、一定時間モンスターを索敵することができる。探知精度は魔法の階級と本人のレベルによるが、ユフィオの使う魔法よりは、オレの『探知』スキルのほうが性能は上みたいだ。

オレが探知《サーチ》魔法を使えばもっと広範囲を索敵できるが、今のところそこまでの必要性は感じないので、索敵はスキルだけで行っている。

「ジーナ、敵さんが来たよ。どうする？」

「とりあえずアタシだけで戦うわ」

ユフィオが馬車を止めてモンスターに備えると、ジーナが馬車から降り、剣を抜いて敵を待ち受けた。

「オレたちは手伝わなくていいのか？」

「この辺りのモンスターなら平気よ。まあジーナの戦いを見てて」

オレは馬車に残っているキスティーに聞いてみるが、特に心配した様子もなくそう言われた。

まあ確かにオレの探知でも、それほど手強い相手じゃないことは分かっているのだが。

しばらくすると、横の茂《しげ》みからゴブリン五体が現れた。

あっという間に囲まれてしまうが、ジーナは落ち着いている。

「さあ、死にたいヤツからいらっしゃい」

その言葉は理解してないだろうが、一体のゴブリンがジーナの後ろから襲いかかっていった。

それをまるで背中に目が付いているかのようにジーナは躱《かわ》し、あっさり一太刀で斬り殺す。

これを皮切りにほかのゴブリンも襲ってくるが、ジーナは簡単にいなしながら、着実に一体ずつ倒していく。

ジーナもオレと同じで盾を使わないようだが、この体捌《たいさば》きを見るとそれも頷ける。

機敏な反応で次々にゴブリンを斬っていき、ものの十数秒で全員倒した。

「ね、Aランクの力ならこの程度は問題ないの。あなたも強くなれば、そのうちできるようになるわ」

キスティーは諭《さと》すようにオレに言ってきた。

さすがAランク冒険者。そつなく対応してるな。モンスターの棲息範囲にも詳しいみたいだし。

彼女たちから勉強させてもらうことにしよう。

その後順調に馬車は進み、砂漠のすぐ手前まで来て無事に一日目の移動を終えた。

オレたちは夜営の準備をして、夕食を食べることに。

この辺りの雑用はオレの仕事だ。

今のところ、オレはお荷物だからな。こういう雑用をして役に立つしかない。

三人が休んでいる中、オレはテントを立て、馬にエサをやり、食事の用意をする。

この手の作業はゲスニクの屋敷でずっとやらされていたので、実は得意だった。なんとなく懐かしい感覚すら出てきたくらいだ。

「へえ～、アンタ男のくせに色々器用ね。冒険者よりも、雑用関係のほうが向いてるかもよ？」

ジーナは嫌みではなく、本当に感心するように言ってきた。

オレもこういう仕事は嫌いじゃないけどな。

食事は日持ちする干し肉などを使った料理で、まあお世辞《せじ》にも味はいいものじゃない。

でも、遠征の食い物とは大抵こういうものなので、みんな文句一つ言わずに食べている。

むしろ、美味しいと喜んでいるくらいだ。

「リューク、お前雑用係の才能あるぜ！　冒険者として芽が出なかったら、あたいたちが雑用係に雇ってやるよ！」

「そりゃどうも……」

ユフィオの褒《ほ》め言葉なのかどうか分からない発言にオレは苦笑いして返す。

実を言うと、こういう関係に居心地の良さを感じていた。オレにはずっと友達がいなかったから、一緒に食事をしたり笑ったりできることがとても嬉しかった。

食事を終えたあと、オレたちは寝る準備をする。テントはもちろん男女で別だ。

就寝中のモンスター対策のため、神官であるキスティーが周囲に聖属性魔法の探知結界を張った。

この結界内にモンスターが侵入すれば、すぐに反応して知らせてくれる。

一緒に来て良かったと思いながらオレは就寝した。

☆

街を出て二日目。今日はいよいよ砂漠地帯に入る。

そこから先の移動は簡単にはいかなくなり、そして棲息しているモンスターも強くなるので、慎重な行動が要求される。

目指す場所は砂漠をさらに西へ行ったところで、移動もかなり過酷だ。

朝食を食べたあとオレたちは出発し、馬車は砂漠地帯に入っていった。


ガギンッ！

ジーナが振り下ろした剣は、体長八メートルの大サソリ、マッドスコーピオンの体に弾《はじ》かれる。

マッドスコーピオンは体が硬い外殻《がいかく》で覆われているため、物理攻撃がすんなりとは通じない。

オレたちは……いやジーナたちは今、強敵と戦っていた。

「くっ、やっぱり硬いわね。ユフィオ、お願いっ！」

ジーナは最初から剣で倒せるとは思っていないようだ。

これは時間稼ぎで、本命はユフィオの魔法。ユフィオの詠唱のために、ジーナは敵を引きつけていた。

そしてユフィオの詠唱が終わったので、ジーナはあとをユフィオに任せる。

「あいよ、あたいに任せて！『フロストサイクロン』っ！」

ユフィオが水属性第四階級の魔法を放つと、空中に大量の氷の結晶が出現し、マッドスコーピオンに向かって吹きつけられる。

マッドスコーピオンは物理攻撃には強いのだが、その反面魔法に弱い。特に水属性にある氷結系の魔法が弱点なので、ユフィオはそれを狙って魔法を放った。

一気に冷やされたマッドスコーピオンは動きが鈍《にぶ》くなり、頑丈な外殻にもバリバリとヒビが入っていく。

「サンキューユフィオ！　あとはアタシのトドメを喰らえっ！」

氷結魔法を喰らって脆《もろ》くなっていたマッドスコーピオンの外殻は、ジーナの強烈な一撃で粉々に砕け、そのまま胴が両断されて絶命した。

マッドスコーピオンはなかなかの強敵なのだが、さすがAランク、彼女たちは手際良く退治した。

砂漠のモンスターは水属性の氷結魔法が弱点ということが多いのだが、ユフィオはその氷結魔法が得意らしい。だから砂漠の戦闘に自信があるんだろう。

神官であるキスティーは攻撃面ではあまり出番はないが、チームを危険から守ることで貢献《こうけん》している。

アンデッド相手なら神官は目覚ましい働きをするのだが、砂漠にはアンデッドがいない。よって、今回は安全面でチームを支えている感じだ。今の戦闘では、囮役のジーナに被ダメージ減少の小結界《バリア》を張って援護していた。

三人チームだが、素晴らしい連携だと思う。

ちなみに、オレは見ているだけだ。戦闘の連携を邪魔されたくないらしい。

それに、この辺りのモンスターなら充分手は足りているので、自分たちの戦闘を見て勉強してくれとのこと。

オレも余計なことを言って関係をこじらせたくないので、言われたことを素直に聞いていた。

何かあったら力を貸せばいいだろうと思っている。

「ふうー、さすがにマッドスコーピオンはちょっときつかったね。前衛がアタシ一人だから助っ人剣士が欲しかったんだけど」

ジーナが剣を収めながら戻ってくる。

「オレも少し手伝おうか？　一応剣士だぜ？」

「無理しなくていいわよ、本番前にアンタに怪我されたら困るし」

とまあこんな感じだが、別に嫌われてるわけじゃない。

ジーナは態度が結構キツく見えるが、実際にはかなり優しいことをこれまでの道中で知っている。

「この先にオアシスがあるから、もうちょっと頑張って進んで、今夜はそこで夜営しましょう」

キスティーの提案を聞いたあと、オレたちはまた馬車を走らせた。


モンスターを撃退しつつ夕方まで馬車を走らせると、キスティーの言った通りオアシスがあった。

直径三十メートルほどの池の周囲に植物が生い茂《お》り、それを高さ三メートルの岩場が囲んでいる。

こんな暑い砂漠なのに干上がらないのが不思議だが、それがオアシスと呼ばれる所以《ゆえん》なのだろう。

さらに、何故かこの近くにはモンスターが寄ってこないのだ。まさに奇跡的な存在である。

「おっと、あそこに先客がいるぜ」

ユフィオが指をさした先では、体長四メートルくらいのデカい牛が池の水を飲んでいた。

デザートバッファローじゃないか。体は大きいけどモンスターじゃなく、通常の動物だ。

今回の仕事に向けてオレも色々調べたので、これくらいは知っていた。

「じゃあアイツが水を飲み終わるまで、少し待つとしましょうか」

ジーナが待機を指示する。

デザートバッファローはモンスターじゃないが、もし怒らせたら同じように危険だ。

こんな砂漠でもデザートバッファローが生きていられるのは、モンスターとわたり合えるほどの力を持っているからである。

ちなみに、通常の動物とモンスターの違いは、体内に魔石があるかどうかだ。

魔石こそパワーの源《みなもと》なので、それがない通常動物はモンスターよりも遥かに弱い。そしてモンスターの肉には毒があって食用にできないという特徴もある。

デザートバッファローは、そんな通常動物でありながら、モンスターとわたり合える数少ない存在なのである。

しばらくすると、水を飲み終えたデザートバッファローはどこかへ去っていった。

「それじゃあアタシたちもオアシスの恩恵にあずかりましょう」

ジーナの指示で岩が低くなっている場所からオアシスに入ると、池のそばに馬車を止めた。

☆

「うっひゃあ～旅の疲れが癒《いや》されるぅ～っ！　水が冷たくて気持ちいいぜ！」

「砂漠の移動でいつも以上に汗かいてるからね。砂が落ちてサッパリするわ」

「リューク、アンタこっち覗《のぞ》いたらぶっ殺すからね」

「へいへい、絶対見ないから安心してくれ」

ジーナから釘を刺されたので、オレは適当に返事をしておく。

今オレを除いた三人は、オアシスの池で水浴び中なのだ。オレはそれを見ないように、オアシスを囲む岩の外側で待っている。見てないからよく分からんが、どうやら三人とも裸らしい。

「お前もあたいたちのあとで水浴びしていいからちょっと待ってろ」

ユフィオの声が飛んでくる。

オレは別に水浴びしなくてもいいが、まあ手足の砂くらいは落としておくか。

暑い砂漠の移動は体力をかなり消耗するので、冒険者はだいたいここに立ち寄って休憩していくらしい。モンスターも来ないので、ちょうどいい安全地帯なのだ。

水の補給ももちろんできるが、砂漠に来るときは水属性魔法を使える者がメンバーにいるはずなので、ここで補給する必要は特にないだろう。

待っている間、オレは今日こっそり撮ったモンスターの写真を整理する。

今のところ特に目新しいスキルはないが、砂漠には珍しいモンスターが多いので、何かいいスキルのゲットに期待している。

そんな感じで待ち時間を過ごしていると、オアシスのほうから突然悲鳴が上がった。

「うあああああっ、待って、ちょっと待って！」

「た、大変よ、早くなんとかしないと！」

ユフィオとジーナの声だ。何かあったのか⁉

「どうした、モンスターでも出た……」

「きゃあああああああああっ、こっち見ないでええっ！」

オレが岩場の陰《かげ》から顔を出すと、さっきの悲鳴を上回るとんでもない悲鳴とともに、コブシほどの大きさの石がオレの顔面目がけて飛んできた。

キスティーが投げつけてきたのだ。神官なのになんてパワーだ！

オレは軽く躱すが、ついキスティーの裸を見てしまった。そして無意識にジーナとユフィオの裸まで見てしまう。

一応言い訳させてもらうなら、何が起こっているのか、確認するためにサッと見渡しただけだ。

……なんだが、男の本能なのか、勝手に目が裸を追っちまった。

オレは遠くを見ることができる『遠視眼（特）』を持ってるので、そこそこ距離が離れていても、目の前で見たくらいバッチリ目に映ってしまった。

三人ともすまない……この記憶は一生大事にする。

いや、そんなこと考えている場合じゃない。いったい何が起こったんだ⁉

「ああっ、馬車が……！」

ジーナの声でようやく事態を掴めた。

池の近くに止めてあった馬車が、馬ごと砂に沈んでしまったのだ。

オレも慌てて駆け寄ろうとするが……

「来ないでっ！　こっちを見ないでって言ってるでしょ！」

キスティーに怒られて、オレは岩陰に体を引っ込める。

今チラリと見たところ、馬車はもうすっぽりと砂に埋もれていて、漏斗《ろうと》状の窪《くぼ》みができていた。

恐らくオアシスの下に地下空洞があって、たまたまその上に馬車を止めてしまったので、重みで空洞が潰《つぶ》れて砂が流れ落ちてしまったんだと思う。

地下空洞はガスなどが溜まってあちこちにできるので、砂漠ではこの手の現象が度々起きている。

ひょっとしたらオアシスにはこの地下空洞ができやすくて、それでモンスターは近寄らないのかもしれない。砂漠のモンスターは水を必要としないしな。

オレが馬車の近くにいればなんとかできたかもしれないが、この通り離れた場所に待機中だった。不運としか言いようがない。

とりあえずしばらく待っていると、ようやく三人が服を着たようで、あっちに行ける許可が出た。

「リューク、来ていいわよ」

ジーナに言われてオレは三人のもとに行く。

「お前っ、あたいたちの裸見てないだろうな⁉」

「ああ、見てない見てない、遠かったし一瞬だったし」

オレはウソをついた。ホントのこと言ったら殺されそうだし。

「ほ、本当でしょうね⁉　ウソだったら許さないんだから！」

いつも冷静なキスティーが、顔を真っ赤にして警告してきた。

神に仕《つか》える神官だから、やっぱりこういうことについて潔癖なのかも？

だがすまん、すんごいバッチリ見た。おっといけない、オレはアニス一筋なんだ！

……バカなことを考えてる場合じゃないか。

馬車も荷物も全てなくなってしまった。何より馬には可哀想なことしたな……

「どうしよう、あたいたち馬車なしじゃ帰れないぞ。食料とかも全部なくなっちゃったし」

「それどころか、装備もなしじゃすぐにモンスターにやられちゃうわ」

「馬車のそばに装備を置いていたのがまずかったわね。まさか全部一緒に呑み込まれちゃうなんて……」

砂漠では馬での移動が絶対だ。

だから何よりも馬の命を大事にするわけだが、さすがにこの事態は予想外だった。

さらに外した武具を馬車のそばに置いていたらしく、それも一緒に呑み込まれてしまったようだ。

オアシスなら安全と思って油断したんだろうが……まあこれは責められない。

三人は真っ青になって絶望的な表情をしている。絶体絶命の状況だしな。

だが大丈夫。ジーナ、ユフィオ、キスティー、オレが一緒で良かったな！

3．活躍しちゃいました

「どうしよう、砂漠では食料なしで動けるのはせいぜい三日。そのうえ、装備がなければまともに戦うこともできない。アタシたち砂漠から出られるかどうかも怪しいわ」

「こんな状態じゃ、モンスターに殺されるのも時間の問題だよな……くそっ、なんとかして助けを呼べないかな？　あたいの魔法を空にぶっぱなして知らせるとか？」

「難しいわね、誰かに気付いてもらえるとは到底思えないわ。私たちがしばらく戻らなかったら調査隊を送ってくれるかもしれないけど、それもだいぶ先になるだろうし……」

ジーナ、ユフィオ、キスティーが、これからどうすればいいか相談している。

帰るだけならなんとでもなる。オレは『スマホ』にいろんなものをストックしてあるしな。

もちろん食料もあるので、何日だって生きられる。

問題は、せっかくここまで来たのだから目的地に行きたいが、辿《たど》り着けるかどうかだ。

食料があるとはいえ、砂漠を歩き続けるのはきつい。それをどうするか。

オレは思考を巡らせる。

「水浴びするためとはいえ、リュークを馬車から離したのはまずかったかもね。そばで見張らせるべきだったわ」

「ええ〜っ、でも、コイツ絶対覗くぜ？　男の目を気にしながら水浴びなんてしたくなかったから仕方ないよ」

「それはそうだけど、でもやっぱり命が一番大事よ。男をメンバーに入れたのは初めてだから、私もつい判断が甘くなってしまったわ」

なんか好き勝手言われてるな。

三人の会話をよそに、オレはオレで考えているると、いい案を思いついた。

実現できるか分からないが、まあやるだけやってみよう。

「おいリューク、お前ボーッとしてるけど、生きるか死ぬかの大ピンチなんだぞ？　分かってるのか？」

オレが何も考えていないとでも思ったのか、ユフィオにツッコまれる。

よし、ではオレが頼りになるところを見せようではないか。

「帰るだけならどうってことない。でも頑張って先に進んでみないか？　せっかくここまで来たんだし」

「何言ってんだ、お前バカか⁉」

「リューク。アンタ、アタシたちの話聞いてた？　馬車も装備も食料も何もないのよ？　どうやって進むってのよ！」

ユフィオとジーナが怒りをあらわにする。というか、呆れ返ってるようだ。

ちょっと言い方がまずかったか？　まあ説明するより、実際に見せたほうが早いだろう。

オレは『スマホ』を取り出し、コピー出力で馬車を出した。念のため、今回使用するものは全て写真に撮っておいたのだ。

さすがに彼女たちの荷物は撮ってないが、オレの手持ちでカバーできるはず。

「ちょっ…………………えっ？　何コレ⁉」

「な、なんだ⁉　いきなり馬車が出たぞ？」

「いったいどういうことなの⁉」

突然馬車が出現して、三人は驚愕《きょうがく》している。

こんな状況となってはオレの能力を隠している場合じゃないし、出し惜しみしないで『スマホ』を使っていこう。

「ちょっと待って！　リューク、アンタまさかアイテムボックス持ってるの⁉」

「アイテムボックス？」

ジーナが思いがけない名前を出した。そういや、そんな凄い魔導具もあったっけ。

アイテムボックスとはなんでも無制限に収納できるという伝説の魔導具だが、確かにオレの『スマホ』も似たようなことができる。

「お前Fランクのくせに、なんでアイテムボックスなんて持ってんだよ!? どこで手に入れたんだ!?」

「いや、これはアイテムボックスじゃないんだ」

「アイテムボックスじゃないって、じゃあいったいなんなの!? ……いえ、確かに馬車がもう一台あったのは驚いたけど、馬がいなければどうにもならないわ」

ユフィオとキスティーも混乱中。さて、どこから説明したらいいやら。

「とりあえずオレに考えがある。ちょっとここで待っててくれ」

そう言って、オレは無属性魔法の『飛翔《フライ》』を使って空を飛ぶ。

「ま、魔法!? リューク、お前剣士じゃなかったのか!?」

「『飛翔《フライ》』が使える魔導剣士なんてSランクレベルよ!?」

「ア、アタシ、頭が混乱してきたわ……」

ユフィオ、キスティー、ジーナの驚く声を聞きながら、オレはある生き物を捜す。

さっきオアシスの池で水を飲んでいた牛――デザートバッファローだ。

『飛翔《フライ》』では長距離の飛行は無理だが、恐らくまだ遠くまで行ってないはず……!

デザートバッファローは、空から捜したらすぐに見つかった。オレの『遠視眼』は（特）だしな。

オレは空から接近したあと地上に降り、デザートバッファローを刺激しないようゆっくりと近付いていく。そして五メートルほどの距離から、『スマホ』の翻訳機能を使って話しかけた。

モンスター語だけじゃなく、動物語も翻訳可能だ。

「ヴモ、ブムウモモモモ？（お願いがあるんだが、聞いてはもらえないかな？）」

「ウムーウモウモ（なんだ、言ってみろ）」

「ブンモウモーモモ（客車を引いてほしいんだ）」

「ヴモヴーウモウモウモブーモモ（ほう、ならエルメル草をたらふく食わせてくれたらやってもいい）」

エルメル草？　あまり聞かない草だったので、『スマホ』の検索機能で調べてみる。

すると、オアシスなどの周りでごく僅《わず》かに自生している野草ということが分かった。

「ブモーモ（ちょっと待っててくれ）」

オレはデザートバッファローを置いて、いったんオアシスに戻る。


「あっ、帰ってきたわ！」

「リューク、お前どこ行ってたんだ⁉」

ジーナとユフィオが、『飛翔《フライ》』で戻ってきたオレを見つけて声を上げた。

オレは地上に降りると、三人に探しものを頼む。

「詳しい説明はあとでする。えっと、エルメル草が欲しいんだが……」

「エルメル草？　また珍しいものを知ってるのね。それなら多分池のそばに生えてると思うけど……」

オレの言葉にキスティーが答える。さすがAランク冒険者、エルメル草を知っていたようだ。

ジーナとユフィオも知っているみたいで、これなら話が早い。

「今すぐ必要なんだ。みんなでちょっと探してもらえないか？」

「なんだかよく分からないけど分かったわ」

オレも含めた四人でエルメル草を探す。

検索で画像が出てきたのでそれを参考に探すが、草なんてよく知らないので、似たようなものをいくつも見つけてしまう。ちゃんと確認すると、どれも違っていたわけだが。

しばらく探していると、ユフィオが声を上げた。

「あったぞ！」

ユフィオのもとに駆けつけてみると、鮮《あざ》やかな緑をした手のひらサイズの草が生えていた。

実物はかなり小さいんだな。なるほど、こんなに小さいんじゃ、あの大きな体をしたデザートバッファローじゃ腹も膨れないだろう。

オレは『スマホ』でエルメル草の写真を撮る。

「よし、もう一度行ってくる」

三人にそう告げて、オレはまたデザートバッファローのところに戻った。

「ヴモー、ブモモモブンモー（取ってきたぞ、エルメル草ってコレだろ？）」

「ブモーモ、ウモンモンモ（そうだ、それをたらふく食わせろ）」

オレは間違ってないか確認したあと、コピー出力でエルメル草をどんどん出す。

コピー出力は一回につき一つだけ。大量に出すのは大変だが、コツコツと出していった。

「ヴンモー！　ヴモヴモブンモモモーッ！（おおっ！　エルメル草がこんなにたくさん……！）」

デザートバッファローは歓喜の鳴き声を上げたあと、モッシャモッシャとエルメル草を食べる。

その間にも、オレはどんどんコピー出力で追加していった。

ひとしきり食べまくり、デザートバッファローは満足したのか顔を上げた。

「ヴモッフォー、ブモブモブモ、ヴモーウ（こんなにエルメル草を食べたのは初めてだ。ワシは大満足したぞ）」

「ブモブモーモ？（じゃあ頼みを聞いてくれるか？）」

「ブモブモブモー（いいだろう、約束通り客車というのを引いてやる）」

「ブモーブモブモブーモモ（サンキュー！　食事はエルメル草をやるから頑張ってくれ）」

「ブンモーヴムヴムウモーモ（そりゃありがたい。ワシはボンゴという、よろしくな）」

「ブモウウーモ、ンモンモ（オレはリュークだ。こっちこそよろしく）」

「ヴモーウモウーモモ（ではワシをその客車とやらがある場所に連れていけ）」

「ヴモー（こっちだ！）」

デザートバッファローにも名前ってあるんだな。

オレはボンゴをみんなのもとに案内した。

「ぎょえーっ、コイツさっきのデザートバッファローじゃねえかっ！　なんでこんなの連れてきた⁉」

「そうよ、危険じゃない！　襲われたらどうするのよ⁉」

ユフィオとジーナが、オレが連れてきたデザートバッファローを見て驚く。

一応、彼女たちのほうがデザートバッファローよりも強いんだが、だからといって安全というわけじゃない。今は装備もないしな。至近距離で暴れられたら、大怪我をしてしまうだろう。

「大丈夫、このデザートバッファローはオレたちに協力してくれるってさ。彼の名はボンゴ。みんな、よろしく頼むよ」

オレはボンゴのことを紹介する。

「ボンゴって、あなたが名前を付けたの？　デザートバッファローが協力してくれるって言うけど、どうしてそれが分かるのよ？」

キスティーがどうにも納得できないといった表情で聞いてきた。

説明するよりも、会話するところを見せたほうが早いか。

「いや、名前は本人……じゃなくて本牛から聞いたんだ。な、ボンゴ？　ヴモーヴモモ」

「ブンモブモーモ」

オレの言葉にボンゴが頭を振りながら返事をする。

「リューク、お前牛と会話ができるのか⁉　そんなスキルなんてあったっけ⁉　っていうか、その変な光る板はなんだ？」

「そういえば、馬車もその板から出していた気がするわ」

ユフィオとジーナがオレの『スマホ』に気付いた。

「コレについては説明が難しいから気にしないでくれ。まあとにかく、ボンゴが客車を引いてくれるんで、砂漠は牛車で移動できるよ」

「移動は可能かもしれないけど、食料がないのよ？　それに装備だって……」

「食料なら問題ない。ほれ」

ジーナの疑問に答えるため、オレは適当に肉や野菜を出力する。

「ちょっ、またその板から……！　ひょっとしてそれがアイテムボックスなの⁉」

「いや、アイテムボックスじゃないんだけど、まあ便利なものだよ。それと装備だっけ？　それもほら、こんなのでどうかな？」

オレは『スマホ』の『写真合成』で作った魔導装備を次々に出力した。

「待って待って！　こ、これ……魔導装備じゃないの⁉」

「ウソだろ……ホ、ホントだ！」

「こんな貴重な魔導装備、いったいどこで手に入れたの⁉」

「まあ色々とな。とにかくオレに必要ないものだから、みんなにあげるよ。好きに使ってくれ」

「あげるって……こ、これを、ア、アタシたちに……くれるの⁉」

ジーナが目を丸くし、ユフィオとキスティーは口を開けたまま固まっていた。

とりあえず、剣士のジーナには上位の雷撃魔法を合成した『雷鳴《らいめい》の剣』を渡す。ちなみに、雷撃魔法は風属性に分類される。

剣の素材はミスリルだ。本当はアダマンタイトで作りたかったんだが、アダマンタイトはどうも魔導装備の素材としては向いてないようで、ほとんどの効果が付与できなかった。

結局アダマンタイトを使ってできたのは一つだけ。それはもの凄くクセのある剣になってしまったので、今のところはお蔵入《くらい》り状態だ。

ユフィオには、同じくミスリルをベースに水属性の上位魔法を合成した『氷閃《ひょうせん》の杖』を渡す。

この砂漠では氷結系の魔法が有効なので、ユフィオの氷結系を強化できるものにした。

ミスリルは魔導装備の素材として非常に優秀で、いろんな魔法と相性がいいようだ。

キスティーには、火属性魔法を合成した投擲《とうてき》武器のチャクラム――『爆牙《ばくが》の円月輪《えんげつりん》』を渡した。

やはりミスリル製で、当たると魔力の小爆発を起こす効果があり、これがあれば攻撃手段のないキスティーでもダメージを与えられる。

追尾機能《ホーミング》も付いているので、多少狙いが外れても相手に当たるだろう。

防具として、ジーナには胸当てと小手を渡す。

胸当てには各種の状態異常耐性を上げる効果がかかっていて、小手にはスピードとパワーの上昇効果が付いている。

合成は一つの効果を大きく上昇させるか、複数の効果を少しずつアップさせることができる。防具の場合は様々な攻撃に対処できるよう、後者を選んで合成した。

これらの魔導装備は、あまり着けすぎると、お互いの効果が干渉し合って上手く発揮されないことがある。だから欲張らず、必要なものだけ装備したほうが効率はいい。

ユフィオとキスティーには、被ダメージを五十パーセントカットする腕輪と、魔力上昇効果のある指輪を渡した。

ステータスを確認したら二人とも打たれ弱そうだったので、異常耐性を上げるよりも、被ダメージを減少させたほうがいいかなと。これなら不意打ちを喰らっても、そう簡単には死なないだろう。

……ん？　三人とも呆然としているけど、どうしたんだ？

「ちょ……ちょっと待って、頭がクラクラするわ。初心者《ノービス》がこんなものを持っているなんてどういうことなの？」

しばしの沈黙のあと、やっとという感じでジーナが声を出した。

「ちょっとした効果が付いただけの魔導装備でも貴重だというのに、これほどの効果を持ったものなんて、いったい全部でいくらになるのか想像するだけで怖いんだけど……」

「あたいも、こんな凄い魔導装備なんて見たことないよ。あたいのだけで金貨数百枚……いや、もしかしたら一千枚以上の価値があるかも。リューク、ホントにコレもらっちまっていいのか⁉」

続けて、キスティーとユフィオも言葉を出す。

なるほど、オレの魔導装備に驚いていたのか。

多分結構凄いものじゃないかとは思ってたんだが、ほかの魔導装備をオレは見たことがないから、どれくらいが凄い基準なのかがよく分からん。

「ふう……やっと落ち着いてきたわ。夢でも見ているのかと思ったもの。リューク、アンタのその装備、ひょっとしてアダマンタイト製なの？」

「ああそうだぜ。えっ、今まで気付かなかったのか？」

ジーナほどの剣士が、アダマンタイトに気付いてなかったなんて驚きだ。

「いえ、アダマンタイトっぽい気はしたけど、安いイミテーションだと思ってたわ。駆け出しのバカな男がたまに格好だけイキがったりするから、アンタもてっきりそういうヤツなのかと……」

「そうそう、偽《にせ》アダマンタイト製の安物ってあるからな。まさかFランクが本物のアダマンタイト製の装備を持ってるなんて、絶対に思わないだろ！」

ジーナとユフィオが、アダマンタイトに気付かなかった理由を教えてくれる。

格好だけイキがってるバカ男？　もしかして、オレってそういう風に見られてたから信用なかったのか？　口説いているとしつこく勘違いされたしな。

「それにしてもホントにスゲー装備だぜ。こんなのもらっちまったら、なんかキングウオームとかどうでもよくなってきたな」

「お、おいユフィオ、ちょっと待て……！」

ユフィオの発言にオレは慌てる。魔導装備をあげたのはまずかったか!?

「大丈夫よリューク。心配しなくても、決めたことだからちゃんと行くわよ」

ジーナの言葉を聞いてホッと一安心する。

「そうね。それにこんな凄い装備をもらったら、何がなんでも倒さなくちゃって使命感が湧いちゃうわ」

「そうだぜ。せっかくこんな装備が使えるんだから、思いっきり戦ってやるよ！」

キスティーとユフィオもキングウオーム討伐に行ってくれるらしい。

良かった……まだまだ先は長いが、なんとか無事目的を果たしたいところだ。


「それじゃあ夕食にしましょうか。リューク、今日はアタシたちが食事の用意をしようか？」

色々やり取りしている間に、すっかり日も暮れてしまった。

落ち着いたところで、ぼちぼち夜営の準備をすることに。

「ああ、じゃあよろしく頼むよ。食材はコレを使ってくれ。オレはボンゴの世話をしてくる」

オレは遠征用の保存食じゃなく、新鮮な食材をたくさん出してジーナに渡した。

「これはご馳走《ちそう》が作れるわね。楽しみにしてていいわよ」

「ああ、期待してるよ」

テントを立て、ボンゴの世話から戻ってくると、食卓に豪華な料理がずらりと並んでいた。

……と、一つ消し炭みたいに焦《こ》げているものがあるが、こりゃいったいなんだ？

「へへん、この魚はお前のためにあたいが焼いたんだぜ。食べてみてくれよ！」

あ、魚だったの……原形まったくとどめてないね。

ユフィオは胸を張ってるけど、コレをオレに食えと？

ジーナとキスティーが苦笑いしてるから、これはけっして嫌がらせなんかじゃなく、ユフィオが親切心でやったことなんだな。

そうか……偉そうにしているユフィオは料理が苦手でしたか。どうやら本人は気付いてないみたいだけど。

そんなキラキラした目で見られたら、とても断れないぜ。

仕方なくオレは消し炭を口に入れる……苦い。

こうして夕食が始まった。ユフィオの消し炭はともかく、ほかの料理は本当に美味しかった。

遠征中と思えないほど贅沢な食事をしたあと、オレたちはテントに入って就寝したのだった。

4．怪物との遭遇

次の日。

オレたちは朝食を済ませたあと、デザートバッファローのボンゴに客車を付けて、馬車ならぬ牛車に乗ってオアシスを出発する。

ボンゴは砂漠で生きているので、ここでの移動なら馬よりも少し速いくらいだ。

巨体ということもあり、力強く客車を引いて進んでいく。

ちゃんと目的地へ到達するためには移動速度の管理も重要なので、ジーナたちはこまめに計算している。牛車の進む速度と時間から移動距離を割り出して、自分たちの現在地を計算しているわけである。

これはオレにはできない芸当なので、やはり一緒に来て良かった。オレだけで来たら、砂漠で迷っていたかもしれない。

そのまま砂漠を移動していると、オレの『探知』スキルが敵の存在をキャッチする。

少し遅れて、ユフィオの探知魔法《サーチ》にも敵の存在が引っかかる。

牛車を止め、敵がいるであろう方向を注視していると、大岩の陰からズルルと大木のようなものがいくつか這《は》い出てきた。

砂漠の暗殺者、殺戮の巨蛇《キラーパイソン》だ。

太さは直径一メートル、体長は二十メートル以上にもなるが、薄茶色の体色なため、砂に溶け込んでいつの間にか接近してくる危険なモンスターだ。

外皮には猛毒があり、体当たりなどされるだけで重傷を負うこともある。見た目によらず、動きも素早い。

Bランク冒険者チームが苦戦するこのモンスターが、ぞろぞろと三体も現れた。

Aランクチームでも苦戦は免《まぬか》れそうもないが……

「よし、行くわよユフィオ、キスティー！」

「任せとけって。へへっ、腕が鳴るぜ」

「ふふっ、私も攻撃に参加するわよ」

ジーナたち三人が殺戮の巨蛇《キラーパイソン》に向かって飛び出していく。

オレはまた待機だ。かなりの強敵だが、三人は自信があるらしい。

まあ彼女たちはAランク冒険者だし、魔導装備を着けた自分たちの力量を分かっているんだろう。もはや殺戮の巨蛇《キラーパイソン》程度では苦戦しないと。

まず一人突っ込んでいくジーナと、後方からサポートするキスティー。

鎌首《かまくび》を上げてジーナに襲いかかろうとする殺戮の巨蛇《キラーパイソン》に、キスティーが『爆牙の円月輪』を投げつける。オレにデカい石を投げてきた投力は本物で、『爆牙の円月輪』はかなりの勢いで殺戮の巨蛇《キラーパイソン》目がけて飛んでいく。

『爆牙の円月輪』には追尾機能《ホーミング》が付いているので、多少狙いがずれても問題なく当てられる。

キスティーの投げた『爆牙の円月輪』は、見事殺戮の巨蛇《キラーパイソン》の顎の辺りに命中し、魔力の爆発によるダメージを与えた。

一体が怯んでいる間、ジーナはほかの二体に駆け寄り、次々『雷鳴の剣』で斬りつける。

魔導装備の効果でジーナのスピードもパワーも上がっているので、殺戮の巨蛇《キラーパイソン》といえどもその動きについていけない状態だ。

また、状態異常耐性についてもジーナは強化されているため、猛毒の攻撃もそれほど怖くはない。

『雷鳴の剣』の追加効果で、強烈な雷撃が殺戮の巨蛇《キラーパイソン》二匹に襲いかかり、感電によって動きが一瞬止まる。

そこに詠唱を終えたユフィオが、水属性第三階級の氷結魔法『ヘイルストーム』を放つ。

『氷閃の杖』で強化されたその魔法の威力は、三体をまとめて即死させたのだった。

「スゲー、あたいたちめっちゃ強いじゃん！　三体もいた殺戮の巨蛇《キラーパイソン》をこんなに簡単に倒しちゃうなんて、Sランクに近い強さだぜ！」

「神官である私も攻撃に参加できるから、戦闘の連携にまったく無駄がないし」

「この感じなら、キングウオームも楽勝ね。全部リュークのおかげよ」

三人は大喜びで戻ってくる。強いには違いないが、油断されたら困るな。

まあ彼女たちはAランク冒険者だし、オレが忠告せずとも分かってることだろう。

モンスターを無事撃退したので出発しようとしたところ、ボンゴがエルメル草をねだってきた。

「ブモーブモブモ（ハラ減った、メシをくれ！）」

美味いものを食わせる約束なので、『スマホ』からエルメル草を一個ずつ出力して食べさせる。

移動の鍵はボンゴだからな。まだまだ先は長いから頑張ってもらわないと。

「ンモーモ、ヴモーー！（満足した。出発してもいいぞ）」

ボンゴが食べ終わったので、今度こそオレたちは出発する。

こんな調子で三日目の移動も終え、いよいよ明日は目的地に到着する予定だ。

今のところ移動も順調なので、あとは素直にキングウオームが見つかるかだ。

一週間くらいは滞在するつもりだが、果たして無事出会えるか……

☆

街を出発して四日目の昼過ぎ。

オレたちはとうとう目的地に到着した。

「うん、間違いない。この辺りだわ。景色もこんな感じだったし」

ジーナが地図と方位磁石を確認しながら、ここでキングウオームに遭遇したことを確信する。

砂漠なのでどこも似たような景色ではあるが、よく見ればちょっとした特徴があったりする。進んだ方向や移動速度でだいたいの位置の予想は付いているようだ。

道中色々計算しながら進んでいたし、慎重なキスティーも頷いているので、ここで間違いないのだろう。一応オレも、『スマホ』のマップ機能で現在地を確認しておく。

「問題は、キングウオームの行動範囲が広いのよね。この辺りをあちこち回っているとは思うけど、そう簡単には出合えないかも」

「もういなくなっちゃってる可能性もあるんだよな。一度居場所を決めたらしばらくはそこにいるけど、そのうちエサを求めて移動しちゃうから、その場合は諦めるしかないな」

キスティーとユフィオが少し不安げに話す。

これについてはオレも仕方ないと思っている。何がなんでも絶対に見つけるとまでは考えてないので、ダメならキリのいいところで撤退するつもりだ。

拠点としての目印を設置したあと、オレたちは周囲を回ってみることにした。

☆

「うーん、やっぱり簡単には見つからないわね」

ジーナが少しガッカリした声を出す。

夕方まで近辺をあちこち回ったが、残念ながらキングウオームを見つけることはできなかった。

暗くなってから遭遇しては危険なので、今日のところは探索を終えることにする。

なんだかんだいって結構強敵だからな。無茶せず探索していかないと。

まだ到着一日目だ。焦らずに粘っていこうと思う。

夜営の準備をし、ボンゴにエサを与えたあと、オレたちも夕食をとることに。

今日の夕食はオレが作った。

ゲスニクにコキ使われていたおかげでオレは料理が得意だが、それに加えて『調理』スキルを取得しているので、一流料理人並に腕は良い。干し肉のような保存食ではその力を発揮できなかったが、今回は新鮮な食材を使ったので、存分に腕を振るうことができた。

その料理を食べて、ジーナたち三人は歓喜しながら舌鼓《したつづみ》を打っている。

「リューク、お前こんな手の込んだ料理も作れるのかよっ！　これじゃあたいの出番がないじゃん！」

いや、ユフィオの料理の腕じゃ、誰が相手でも出番はないだろ。

あの消し炭を作っておきながら、ここまでの自信を持ってるユフィオがちょっと怖い。

「ホント、アンタ何やらせても完璧ね……ねえリューク、このままアタシたちのチームに入らない？」

「そうだよリューク、あたいたち大歓迎するぜ！」

「いや、オレはその……」

ジーナとユフィオが、突然チームへの加入を誘ってきた。

大変光栄ではあるが、そう簡単に頷けない理由がオレにはある。

「何よ、アタシたちの誘いを断るの⁉　今まで何十人もの男がチームに入りたいって言ってきたのよ？　それをわざわざアタシたちから誘ったのに、断る男がいるなんて……！」

そんなこと言われても……実は、オレにはアニスと一緒のチームになるという目標があるんだ。

ほかのチームに入るわけには……

「ねえリューク、あなたのことがもっと知りたいわ。あなたみたいな人なんて出会ったことなかった。冒険者の男なんて、みんなわがままばかり。何故あなたはそんなに優しいの？」

キスティーがオレの素性を聞いてきた。

どうしようか迷ったが、『スマホ』のことをなるべく隠しつつ、ゲスニクやドラグレスとのことを三人に話した。

「そんなことがあったなんて……」

「だからあんなに雑用が上手いのか」

「壮絶な人生だったのね……」

ジーナ、ユフィオ、キスティーがオレに同情してくれる。

自分でもよく分からないが、聞いてくれたことが嬉しくて泣きそうになってしまった。

仲間か……チームに入るってのも悪くないかもな。

「いいわ、チームの加入については保留にしてあげる。この仕事が終わって帰ってからまた相談しましょ」

「ありがとう。オレ、このチームが好きだぜ。もっと早く出会ってたら迷うことなく入ってたよ」

「生意気言って……」

ジーナにコツンと指でおでこを弾かれる。

チームについては悩むところだが、とりあえず今はキングウオームを倒すことに集中しよう。

☆

キングウオームの目撃地点に来てからすでに四日目。

簡単に見つからないことは覚悟していたが、やはり長期戦になってしまった。

オレは『探知』スキルだけじゃなく、より精度の高い探知魔法《サーチ》も使って捜索していたのだが、それらしい気配を見つけることはできなかった。

一応あと三日くらい粘るつもりではあるけれど、この調子ではそれも無駄に終わりそうな予感がしている。

このままでは出会えそうにないので、オレたちは思いきって拠点から離れた場所に移動することにした。

少々危険だが、タフなボンゴもいることだし、少し冒険してみようということになったのだ。

「あんまりこっちの方角に行き過ぎると、この先には『奈落へ落ちる穴《タルタロスフォール》』があるから不気味なんだけど……」

砂漠のさらに西へ進んでいくと、ジーナが不安そうに呟《つぶや》いた。

「なんだ『奈落へ落ちる穴《タルタロスフォール》』って？」

「地獄に繋がってると言われてるほど深い大穴よ。とても下りられるものじゃないから、誰も探索なんてしてない謎の場所ね」

オレの質問にキスティーが答えてくれる。

そんなのがあったとは……勉強では教わらなかったな。

「まだだいぶ遠いから、ちょっと近付いたからってどうってことないけど、あんまり気持ちのいいもんじゃないな」

怖いもの知らずっぽいユフィオが慎重になるくらいだから、かなりヤバい場所なんだろうな。

あとで検索して調べておくとしよう。

そんなことを考えつつ、ひたすら牛車を走らせていると、オレの探知魔法《サーチ》が何かの存在をキャッチした。直後、ぞわぞわしたおぞましい感覚が全身に襲いかかる。

これ……何かとんでもないヤツがいるぞ！

そしてユフィオの探知魔法《サーチ》にも反応が出る。

「何かいる！　これ……多分アイツだ！　ようやく見つけたぞ！」

「やったわね！」

ユフィオとジーナは喜んでるが、しかしちょっとおかしくないか？

いくらなんでも存在感が強すぎる！　キングウオームってこんなに凄《すさ》まじい生命力を発しているのか？

巨体だから、それに比例して強い反応が出てるのかもしれないが、それにしたってあまりにもケタが違いすぎだ。

何か嫌な予感がする……

例えようのない不安を抱えながら、オレたちはその反応のもとに向かった。


そこはどこまでも続くだだっ広い砂漠で、モンスターの姿はどこにも見当たらないが、探知反応はこの辺りから出ている。

凄まじい気配から考えても、相手がすぐ近くにいるのは間違いない。

移動しているような感じはしないから、今は地中で眠ってるってところか？

「よし、あとはあたいたちに任せろ！」

「リュークはさっき渡した魔導水晶で、アタシたちを援護して！」

「いや、オレも一緒に前で戦う」

ユフィオとジーナは勇ましく言ったが、オレは黙っていられなかった。

だが、彼女たちはどうしても自分たちがメインで戦いたいらしい。

「大丈夫！　元々あたいたちだけでもなんとかなると思ってたんだ。キングウオームなんて体がデカいだけで、攻撃は単調で怖くない。お前からもらった魔導装備があれば問題なく倒せるって！」

「そうよ、心配しないで。自分たちだけで大物を退治してみたいの！　リュークにはフォローだけしてもらえればいいわ」

「しかし……」

二人の言う通り、Ａランク冒険者ならどうにか討伐できるモンスターだ。

よって、強力な魔導装備を着けた今の三人なら問題ないはずだが……どうにも不安が拭《ぬぐ》えない。

コイツは本当にキングウオームなのか？

「万が一のときは、もちろん手を借りるわ。だからとりあえず私たちの戦いを見ていて」

キスティーまで自信たっぷりに言った。

オレが彼女たちから預かっているのは、『氷華の爆棘《はぜいばら》』という強力な魔導水晶だ。

これを喰らった相手は一瞬で体内の水分を凍結され、それは数百本の氷のトゲとなって皮膚《ひふ》を突き破り、まるで氷の花が咲いたかのように全身を串刺しにする。

もしもの場合はこれで彼女たちのフォローをする予定だ。

たとえキングウオームといえども、これを喰らえば無事ではいられないと思うが……

三人がどうしてもと言うので、仕方なくオレは少し後方に待機し、何かあったときの援護役をやることにした。

「よっしゃあ準備ＯＫだぜ！　じゃあキングウオームを叩き起こすぞ！　『ハンマークエイク』っ！」

ユフィオが土属性の魔法を放つ。

これは大地を強烈に震動させることで、地を走るような衝撃波を発生させる効果がある。これでキングウオームを起こそうという魂胆だ。

激しく地面が揺れ、しばらくしてから砂がボフンボフンと大きく波打った。

「どうやら起きたようね。それじゃあ戦闘開始………………えっ⁉」

「ちょっ……なんか、す、砂の揺れが大きすぎる気が……？」

ジーナとキスティーが、予想していたことと違う状況に戸惑っている。

砂の波打つ様子が、まるで津波のように大きいのだ。

やはり違う。コイツはキングウオームじゃない！

いったい何がいるんだ⁉

地を揺らしながらボグンボグンと地響きを立て、地中にいるヤツが勢い良く浮上してくる。

「まずいわっ、いったん引くわよっ！」

砂が高く大きく盛り上がっていくのを見て、ジーナたちは慌てて後退する。

少し慢心していた三人だったが、さすが経験豊富なＡランク、状況に対する判断は迅速だ。

三人が避難した直後、バフンと音を鳴らして姿を現したのは……

直径二十メートルくらいありそうな、環形動物の頭部だった！　それが二十五メートルほど砂漠から飛び出し、上空からパラパラと砂を降らせていた。

目が退化してなくなっている代わりに、大きな口の周りに長い触手がうねうねと大量に蠢《うごめ》いている。恐らく、あれで周囲を探知して地中を移動するのだろう。

「コイツ……キングウオームじゃないわっ！　なんていう大きさなの⁉」

「待って、コレは……古代の超怪物、アビスウオームよ！　こんなところで生き残っていたなんて……！」

キスティーがモンスターの正体に気付く。

アビスウオームだって⁉　オレは急いで『スマホ』で検索する。

出てきた情報によると、数千年前に絶滅したと言われている太古の怪物で、その全長はなんと百メートルを超えるという。

大型モンスターには寿命がとんでもなく長いものもいるので、コイツも密かにここで生き延びていたのだろう。この先にある『奈落へ落ちる穴《タルタロスフォール》』には誰も近付かないため、人間に気付かれることもなかった。

ジーナたちが遭遇したキングウオームは、コイツを恐れて逃げたか、もしくは食べられてしまったか。アビスウオームと比べたら、三十メートルのキングウオームなんて赤ちゃんみたいなものだからな。

どっちにしろ、完全に想定外の事態となってしまった。

「こ、こんなのSランクチームだって倒すのは無理だ！　急いで逃げなきゃっ」

ユフィオが半泣きになりながらこっちに走ってくる。

が、しかし……

「コイツから逃げ切るなんて無理よっ、どうしたらいいの⁉」

そう、ジーナの言う通り、移動速度的に逃げるのは絶望的だ。

ちなみに、ボンゴはアビスウオームを見たとたん、自分だけ真っ先に逃げ出している。

まあこれは仕方ない。

「ダメだわ、まさかこんなことになるなんて！　ああ、せめてひと思いに呑み込んでほしい……」

キスティーは神に祈りながら走っているが、言葉を聞く限りではもはや諦めているようだ。

……いや、諦めるのは早いぜ。

オレはコイツを……倒す！

5．命を込めた必殺技

「みんな、とにかく逃げ続けろ！　コイツの相手はオレが引き受ける！」

「リューク、無理だって！　一緒に逃げよう！」

「そうよ、ひょっとしたら諦めてくれるかもしれないわ！」

ユフィオとジーナが必死に逃げながら叫んだ。だが彼女たちを無事逃がすためにも、オレはここに残ることを宣言する。

「いや、コイツを自由にしたらすぐに追いつかれちまう。オレが足止めするから、その間にみんな力の限り逃げてくれ！」

「リュークっ！」

「オレのことは気にするなっ、早く行けっ！」

オレは三人に指示したあと、『飛翔《フライ》』を使って空を飛ぶ。

後ろを振り返ってみると、ジーナたちは一瞬戸惑いを見せたのち、オレの言った通りここから離れていった。

それでいい。みんながそばにいたら、オレも戦いづらいからな。これで心置きなく戦える。

まずは手始めに、オレは預かっていた『氷華の爆棘』を一個ずつコピー出力し、上空からアビスウオーム目がけて大量投下した。

バフンバフンと砂漠を潜ったり出たりしながら移動するアビスウオームの背に、バラまいた『氷華の爆棘』が次々と命中していく。

ギュインと空気を引き裂くような音とともに、ヤツの体表に氷の花が咲くが、アビスウオームはまるで効いた様子がなく動き続けている。

「ウソだろ!?　なんてタフなヤツだ！」

さすが古代の怪物、この程度じゃ足止めにもならないらしい。

みんなを逃がすため、写真を撮るのを後回しにしたが、先に分析をしたほうがいいみたいだな。

オレは『スマホ』でアビスウオームを撮って、その詳細を調べてみる。これによって、検索では分からなかった情報を知ることができた。

まず、アビスウオームには魔法が効きづらいらしい。外皮に強い魔法耐性があり、効果を弱体化させられてしまうとのこと。

『氷華の爆棘』がまったく効かないのも納得だ。

ならば剣で物理攻撃をするしかないが、あの巨体だけにどこまで通じるか？

ちなみにヤツが持っているスキルは『奈落《ならく》の胃袋』というもので、食料《エサ》をほぼ無限に呑み込める上、消化せずに体内で貯めておくことができる。

つまり、エサが豊富なときに大量に食べれば、そのまま長期にわたって生存することが可能なわけだ。数千年も生きてこられたのはこのおかげだろう。

確かに凄いスキルではあるが……ちょっと微妙だな。

オレが欲しかったのはこういうスキルじゃない。状態異常に対する無効スキルも持ってないようだし、少々期待外れといったところだ。

まあ文句言っても仕方ないな。それより、コイツを倒すことを考えないと。

とりあえず『奈落の胃袋』を取得して、戦闘を再開する。

「これはどうだっ！」

オレは上空から一気に降下し、アビスウオームの背中に向けてアダマンタイトの剣を振り下ろす。

さすがアダマンタイトだけに、軽々とその分厚い皮膚を斬り裂くが……

あまりにも巨体すぎて、やはり与えたダメージは微々《びび》たるものだ。

そして、全力で攻撃したことによって動きが止まっちまったオレを、アビスウオームの口元にある触手が鞭《むち》のようにしなって払いのける。

まともに喰らえば即死級の攻撃だったが、オレは直撃する寸前に『身体硬化』のスキルを発動し、その衝撃に耐えた。『物理無効』にしなかったのは、この勢いでぶち当てられたら、半液状の体はバラバラに散ってしまうかもしれないと思ったからだ。

「あぐうっ！　ちくしょう、こんにゃろめえっ！」

オレは体勢を戻したあと、一度距離を取って、離れた場所から矢を射《う》ちまくる。

ミスリル製ではあるが、強烈な雷撃を合成した魔導矢だ。これを弓術スキルの『高速連射』で片っ端からアビスウオームに叩き込んだ。

しかし、やはり効いている様子はない。

そしてアビスウオームの動きが一瞬止まったかと思うと、いきなり全身から何かを発射した。

それは太さが直径三十センチ、長さ一メートルほどのトゲだった。それが大量にオレに向かって飛んできた。

まさかこんな攻撃をしてくるとは思ってなかったので、完全に不意を突かれてしまった。

慌てて今度は『物理無効』を発動し、体を半液状化させてやり過ごす。さっきの触手攻撃と違って、トゲはかなり硬そうだったので、『身体硬化』で耐えられる自信がなかったからだ。

トゲによってオレの体の一部は削られたが、すぐに問題なく再生した。

こりゃあ本物の怪物だ。オレじゃ勝てないかもしれねえ……

しばらく戦ってみたが、アビスウオームに勝つ目処《めど》がまったく立たなかった。

倒せないのは悔しいが、スキルもゲットしたし、ジーナたちが充分遠くまで逃げたらオレも撤退したほうがいいかもな。

だが、果たしてコイツから逃げ切ることができるのか？

多少離れたところで、コイツなら簡単に追いついてくるだろう。

諦めて地中に帰ってくれればいいんだが……

そんなことを考えながら必死に戦っていると、後ろから声が聞こえてきた。

「リューク、やっぱりアタシたちも手伝うわ！」

「ジーナ……！」

振り返ると、逃げていたはずの三人がいつの間にか戻ってきていた。

「あなただけ残して逃げるわけにはいかないわ。私たちも一緒に戦う！」

「ああ、あたいたちは仲間だからな。それに、ここで倒さないとどうせ逃げ切れないぜ！」

「キスティー、ユフィオ……」

いくら逃げ切るのが難しいとはいえ、この危険な場所に戻ってきてくれるとは……

確かに、オレでもコイツから逃げ切れるかどうか分からない。

ならば、まだオレの体力が残っている今しか倒すチャンスはない。

召喚・トリップ系

こっちの都合なんてお構いなし!?
突然見知らぬ世界に呼び出された
主人公たちが悪戦苦闘しつつも
成長していく作品。

いずれ最強の錬金術師？

小狐丸

既刊13巻

異世界召喚に巻き込まれたタクミ。不憫すぎる…と女神から生産系スキルをもらえることに!!地味な生産職を希望したのに付与されたのは、凄い可能性を秘めた最強(?)の錬金術スキルだった!!

最強の職業は勇者でも賢者でもなく鑑定士(仮)らしいですよ?

あてきち

異世界に召喚されたヒビキに与えられた力は「鑑定」。戦闘には向かないスキルだが、冒険を続ける内にこのスキルの真の価値を知る…!

既刊6巻

装備製作系チートで異世界を自由に生きていきます

tera

異世界召喚に巻き込まれたトウジ。ゲームスキルをフル活用して、かわいいモンスター達と気ままに生産暮らし!?

既刊10巻

もふもふと異世界でスローライフを目指します!

カナデ

転移した異世界でエルフや魔獣と森暮らし! 別世界から転移した者、通称『落ち人』の謎を解く旅に出発するが…?

既刊5巻

種族[半神]な俺は異世界でも普通に暮らしたい

穂高稲穂

激レア種族になって異世界に招待された玲真。チート仕様のスマホを手に冒険者として活動を始めるが、種族がバレて騒ぎになってしまい…!?

既刊2巻

定価:各1320円⑩

オレも覚悟を決める。

「みんな、じゃあ協力してもらうぞ。これでアイツを撹乱《かくらん》してくれ」

オレは三人に『氷華の爆棘』を大量に渡す。

「危険だからヤツには近付かないで、遠くから投げてくれ。別に当てなくてもいい。とにかくアイツの気を引いて時間を稼いでくれればいいんだ」

「なんだか役割が逆になっちゃったわね」

「まああたいたちに任せとけ！」

「リューク、あなたはどうするつもりなの？」

「オレは必殺技を使うため、力を溜める」

切迫した状況なので、キスティーの質問に簡潔に答える。

「もしかしてアンタ、『金剛力《こんごうりき》』まで使えるっていうの……⁉　でもそれでアイツを倒せるの？」

ジーナはオレが考えている技に気付いたようだ。

『金剛力』とは戦士系のギフトを持つ者が使える技で、じっと集中して力を溜めることで、攻撃力を大きく上げることができる。

だが、オレがやろうとしてるのはただの『金剛力』じゃない。『戦王』のギフトを持っていたバーダンの必殺技『絶壊金剛力《ぜっかいこんごうりき》』だ。最大パワーを溜めるのに少し時間がかかるが、『金剛力』を遥かに超えるその破壊力は、ドラゴンすら一撃で葬《ほうむ》るという。

そして、その技にさらにダメージを上乗せする作戦でいく。『絶壊金剛力』だけでは、あのアビスウオームは倒せそうにないからだ。

この作戦を実行するために、オレは『スマホ』から巨大な剣を取り出す。

この剣の出番が、まさかこんなところで来るとは……

「みんな、五分時間を稼いだら、オレのところにアビスウオームを誘い込んでくれ」

「了解よ。何を考えてるか知らないけど、アンタに全てを託すわ」

ジーナの発言に、ユフィオとキスティーが頷く。

たった五分の囮だが、あの怪物相手にそれをやるのは至難の業《わざ》だろう。

でもオレは三人を信じて『絶壊金剛力』のために集中する。

「よし、行くわよユフィオ、キスティー！」

「「了解っ！」」

三人はアビスウオームに向かって走っていく。

頼む、みんな死なないでくれ……！

ジーナ、ユフィオ、キスティーの三人が命懸けでアビスウオームを引きつけてくれている間、オレはひたすらパワーを溜め続ける。

「しまったっ、きゃあああっ！」

「ジーナ危ないっ！　『ランドウオール』っ！」

アビスウオームが大きく砂中に潜ると、周囲の岩が弾き飛ばされ、そのいくつかがジーナに襲いかかった。一瞬回避に遅れてしまったジーナだったが、とっさにユフィオが土属性魔法を放ち、ジーナの前に土の壁を作り上げる。

それによって、ジーナは間一髪《かんいっぱつ》で難を逃《のが》れた。

恐らく、こういう状況はキングウオーム戦でも想定していたことで、その連携が上手くいった感じだが、かなりギリギリの攻防だったのは間違いない。

「ありがとうユフィオ、助かったわ！」

「フォローは任せとけって！」

「ジーナ、一度回復するわよ。『上級回復《ハイヒール》』っ！」

最前線で戦っているジーナは体力の消耗が激しい。

アビスウオームの攻撃も、ジーナは直撃こそ避けているが、小さなダメージは常に受け続けている。それをキスティーが回復した。そして防御結界もジーナに張り直す。

一瞬の気の緩みが死に繋がる。そんな緊張感の中、三人は必死に戦っている。

あわやという状況が何度も目の前で繰り広げられ、つい助けに行きたくなってしまうが、それでもみんなを信じてオレはじっと時が過ぎるのを待つ。

五分をこれほど長く感じたことはない。

………………そしてそのときはやってきた。

「五分経ったわ！　どうリューク？　行ける!?」

「ああ、バッチリだ！」

オレの力強い返答を聞いて、ジーナたちは素早くアビスウオームから離れた。

そしてオレのところへアビスウオームを上手く誘導する。

ちょうどいい距離に来たところで、いよいよここからが本番だ。

「みんな、残りの『氷華の爆棘』を全部アイツにぶつけてくれ！　そのあとすぐに地面に伏せるんだ」

「え、ええ、分かったわ！」

三人はありったけの『氷華の爆棘』を投げつけたあと、全力で退避してから地面に全身を伏せる。

大量の『氷華の爆棘』を喰らったアビスウオームは、さっきと同様にトゲの大乱射をしてきた。

オレはそれを避けずに、真っ正面から受け止めにいく。

（頼む、オレの体よ、なんとか持ちこたえてくれ……！）

オレは『物理無効』も『身体硬化』も発動しなかった。つまり、生身の状態だ。

オレは強くなったが、この二つのスキルなしでは、通常の人間と耐久力は変わらない。

よって、トゲの直撃を受ければ無事では済まない。死ぬことすらもちろんある。

それを知った上で、覚悟を決めてオレはトゲの直撃を喰らう。

グッシュッ、ガシュッ、ゲシッ！

（ぐおおおっ、痛《イ》ッテエえええええっ！）

なんとか急所だけは外れたが、オレの右足と左腕はちぎれ、そして左脇腹も大きくえぐり取られてしまった。

「リュ、リュークっ、そんなっ!?」

「し、失敗したの⁉」

「死ぬなっ、リューク！」

三人はオレの姿を見て悲鳴を上げた。

だがこれは失敗じゃない。初めからこれを狙ってたんだ！

そして……成功だ！　オレはまだ生きている！　いちかばちかの賭けに勝ったんだ！

オレはモンスター系のスキル『損傷再生』を発動して、失った体を修復する。

「ウ……ウソでしょ⁉　身体欠損が勝手に治っていくなんて⁉」

オレの体がみるみる修復されていくのを見て、ジーナたちが驚いている。

激しい身体欠損は、魔法でもエリクサーでも治せないからな。モンスター特有のこのスキル『損傷再生』がなければ、オレも死んでるところだった。

オレがわざわざ攻撃を喰らった理由――それは、この魔導剣の真の力を引き出すためだ。

色々と魔導装備を作ってるとき、アダマンタイト製の剣にはほとんどの効果を合成できなかったんだが、一つだけ付与できたものがあった。

それはモンスターのスキル――クリムゾンホーネットから取得した『自爆』だ。

こんな能力を合成してもしょうがないと思ったんだが、念のため作ってみると、なんとできたものは剣身が二メートルを超える巨大な両手剣『魔剣・鬼殺し』。

この剣の能力は、敵から受けたダメージを大幅に増やして返す『カウンター反射』というものだった。受けたダメージが大きければ大きいほど、返すダメージも数倍、数十倍と跳ね上がっていくが、まず攻撃を喰らうことが能力の発動条件だ。

凄い剣ではあるのだが、この能力には正直あまりメリットを感じなかった。命懸けで攻撃を受ける覚悟が必要だからだ。

小さなダメージでは喰らっても意味がない。大きなダメージを喰らったときこそ、『魔剣・鬼殺し』はその真価を発揮する。

それは『損傷再生』を持っているオレでもかなり危険な行為となるだろう。

剣身が巨大すぎて繊細な剣捌きも難しい。よって、使う機会はないと思っていた。

だが、アビスウオーム《コイツ》相手には最適だ。

もちろん、ダメージを受けることが前提なので、『物理無効』などでやり過ごしては意味がない。

だからオレはあえてトゲを喰らったというわけだ。

オレは『魔剣・鬼殺し』を両手で持ちながら後ろに引き、アビスウオームが近付いてくるのを待ち受ける。今オレが喰らったのは致命傷クラスの大ダメージだ。それを数十倍……いや数百倍にして返してやる！

目前まで接近したアビスウオームがオレを呑み込もうと口を開けたとき、オレは『絶壊金剛力』で溜めに溜めたパワーを解放した。

『戦王』は剣技では『剣聖』に劣るが、一撃の破壊力は物理系でも最大クラスだ。

『絶壊金剛力』で溜めた超パワーにオレが喰らったダメージを上乗せし、今のオレができる最強の攻撃を放つ！

「オレの命を乗せた究極の一撃を喰らえええええええええ〜っ!!」

『魔剣・鬼殺し』から繰り出された特大衝撃波は音速を超え、うなりを上げてアビスウオームの口に飛び込み、青い血しぶきを撒き散らしながら体内奥深くまで斬り裂いていく。

内臓をズタズタにされたアビスウオームは激しく体をうねらせ、勢い良く跳ね上がると、大きく口を開けたままオレの目の前に顔面を落下させる。

その後、ビクンビクンと数度体を震わせ、ピクリとも動かなくなった。

……無事息絶《いきた》えたようだ。

さすが『戦王』のパワー。この技をくれたバーダンと『魔剣・鬼殺し』に感謝しないとな。

後方で伏せていたジーナたちが起き上がり、オレのもとに駆け寄ってくる。

「今のはいったいなんだったんだ!? あたい、リュークが死んじゃったと思ったよ」

「その強さ……Sランクどころじゃないわよ! アンタもしかしてSSランクなの? 正体を隠している秘密の存在とか?」

「そうね、アビスウオームを一人で倒すなんて、SSランクとしか考えられないわ」

「いや、オレは正真正銘のFランクだよ。それに、一人で倒したわけじゃないぜ。ユフィオ、ジーナ、キスティーがいなかったら絶対に勝てなかった」

オレは三人を順番に見つめながら本心を言う。それを聞いて、彼女たちは少し驚いたような表情

をしたあと照れていた。

力を合わせるというのがこんなに素晴らしいことだと教えてくれたみんなには、感謝してもしきれない。

おっと、そうだ、ボンゴを連れ戻そう。まだ遠くには行ってないはずだ。

☆

「ヴモーウモウモブムー（いや、ワシはな、客車を守るためにあえて離れたのだ）」

なんかボンゴが言い訳してるな。別にオレたちは何も責めてないのに。

あんな怪物を見たら、普通の動物なら逃げて当然だ。ジーナたちも全然怒っている様子はない。

ま、ちょっとカッコ悪かったので、それで弁解してるのかもな。

これでまた全員元通りに揃った。無事目的を果たした達成感で感無量だ。

アビスウオームを倒した経験値で、オレたち四人とも大きくレベルアップもできた。

ちなみに、オレの服や装備はアビスウオームのトゲを喰らってボロボロ。

『物理無効』スキルを使った場合、オレが身に着けているものも一緒に半液状化するので、斬られたりしてもそのまま元に戻る。しかし今回は生身で喰らったので、トゲによって傷ついたものはそのままだ。『損傷再生』スキルではオレの肉体しか修復しないしな。

まあ服の替えはいくらでも出せるからいいけど。

みんな落ち着いたところでアビスウオームの魔石を回収した。

大きさは直径三十センチほどで、薄い琥珀色《こはくいろ》ながら、角度によってキラキラと輝くとても綺麗なものだった。

「スゲーな……コレ売ったらいくらになるんだ？」

「ちょっと値がつけられないかもね。金貨千枚は下らないと思うけど」

ユフィオとキスティーが顔を近付けてまじまじと観察している。

『スマホ』で写真を撮って分析してみると、この魔石は次元の扉を開く力を持ってるらしい。

次元の扉……なんかスゲーけど、どう使えばいいんだ？

魔導具として魔石に合成できる効果がないか探してみると、アビスウオームから取得した『奈落の胃袋』が合成可能となっていた。

ほかには合成できるものはないみたいだし、とりあえず何が作れるのか試しに合成してみた。

すると……

なんと、完成したのはアイテムボックスだった！

無限にものを収納でき、中では時間が止まっているため劣化もしないアイテムボックス。

指の先程度の小さな宝石が開閉スイッチとなっていて、生物は入れられないが、それ以外ならどんな巨大なものでも収納できる。

アビスウオームの死体で試してみたら、簡単に中に入れることができた。

収納に関してだけなら、オレの『スマホ』を遥かに超える能力だろう。『スマホ』のように、いちいち一つずつ出力しなくてもいいし。

こりゃめっちゃ便利だな。アビスウオームを倒した甲斐《かい》があったというものだ。

「リューク……お前本物のアイテムボックス作っちまったのか!?」

「伝説の魔導具を作っちゃうなんて信じられない……」

「アンタには驚かされっぱなしで、もう言葉もないわよ」

「これは本当にたまたま上手くいっただけさ。あ、みんなにもアイテムボックスを渡すよ」

オレはコピー出力でアビスウオームの魔石を増やし、合成でアイテムボックスを三つ作った。

「ア……アイテムボックスの量産ですって!? もうこれ以上アタシを驚かさないで、夢か現実か分からなくなっちゃう」

「おいリューク、こんなに作れるならアイテムボックスを売って大儲けしようぜ！」

アイテムボックスを受け取ったユフィオが興奮気味に提案する。

「ダメよユフィオ、こんなものが大量にあったら危険だわ。製作は慎重に考えないと！」

なるほど、確かにキスティーの言う通りかもしれない。

今オレは何も考えずにアイテムボックスを渡したが、使いようによってはとんでもない事件を起こすことすら可能だ。

もちろんジーナたちなら悪用なんてしないだろうが、今後は魔導具を渡すときは注意しよう。

「リューク、私たちにはアイテムボックスは一つでいいわ。三つも持ってて、万が一盗まれたりしたら大変だもの」

そう言ってキスティーが二つ返してきた。冷静なキスティーらしいな。

「分かった。もし追加でアイテムボックスが必要になったらいつでも言ってくれ」

この判断にジーナもユフィオも納得しているみたいなので、オレはそのまま受け取る。

「ところで一つ知りたいことがあるんだが、みんなはなんでキングウオーム討伐にこだわったんだ？」

結局キングウオームではなくアビスウオームを倒したわけだが、ジーナたちはこれで良かったんだろうか？　オレはもう満足だが、キングウオームを倒すまで、まだここで粘るつもりかな？

まあオレとしては、いくらでも付き合ってもいいが……

「ああいえ、そのね、ちょっとね……」

なんだ、ジーナが珍しく恥ずかしそうにしてる。

キングウオームを倒したい理由って、そんなに変なことなのか？

「別に言いたくないなら聞かないが……」

「言いたくないっつうか、まあ……おまじないみたいなもんでさ」

「おまじない？」

いつもあっけらかんとしているユフィオまで、バツの悪そうな顔をしながら答えた。

なんか予想外の答えが返ってきて、オレもよく分からなくなる。

「実はね、キングウオームを倒すと恋愛運が良くなって、素晴らしい異性に出会えるって言い伝えがあるの」

キスティーが具体的なことを教えてくれた。

「恋愛運が良くなるって、それ迷信だろ？　そんなことのために、危険なキングウオーム討伐を考えたのか？　第一、そんなものに頼らなくたって三人ともモテるだろ？」

「モテるって言ったって、変な男ばかり言い寄ってくるのよ。自慢じゃないけど、命の危険すら感じたこともあったんだから！」

「そうだぜ！　男なら誰でもいいってわけじゃないんだ。あたいたちはいい男と付き合いたいんだ！」

「その、あんまり大きな声で言うものじゃないけど、そういうことなの。私たちずっと冒険者をやってきて、男性と付き合ったことないから、そろそろいい人が欲しいなと……」

ジーナやユフィオはともかく、真面目そうなキスティーまでそんなことを言うとは。

確か全員二十四歳だっけ？　恋愛についてはオレも素人だが、焦る必要ないと思うけどな。

まあしかし、そんな迷信を信じてるなんて、Aランク冒険者といってもやはり女性なんだな。

命懸けで戦ったあとだけど、ちょっとほっこりしたぜ。

「じゃあキングウオームじゃなくて残念だったな。どうする？　もうちょっと粘ってみるか？　オレは付き合ってもいいぜ」

「いいえ、もうキングウオームはいいわ。どうやら願いは叶ったみたいだもの。ね！」

「ああ、充分すぎるのが見つかったよ」

「そうね。何も不満はないわ」

「えっ、そうなのか!?」

なんと、オレの知らない間に、ジーナたちの願いは叶っていたらしい。

三人とも何やら変な笑みを浮かべてるけど、まあみんなが満足してるならそれでいいか。

「それじゃあ街へ帰るとするか。ボンゴ、またよろしく頼むよ」

「ヴモー!」

ボンゴにエルメル草を与えたあと、牛車に乗ってオレたちは帰路についた。

6. 真夜中の攻防

アビスウオームを倒した夜。

夜営でさすがのオレも疲れて爆睡していたところ、寝袋をゴソゴソと探ってくるような感触に気付いて目を覚ます。

まさかモンスター!? 侵入を探知する結界を張っていたのに、それを越えてきたのか!?

今日はキスティーの結界ではなく、より高性能なオレの結界を張っていたのだが、それに引っかかることなくこのエリアに入ってきたヤツがいるのだろうか?

オレはすぐさま『暗視』スキルで何がテント内に入ってきたのか確認する。

すると、そこにいたのは……

「ユ、ユフィオっ⁉」

なんと、オレの寝袋をいじっていたのはユフィオだった。

な、何しに来たんだ⁉

「ユフィオ、なんでオレのテントに⁉」

どういうことだ⁉　こんな夜中に、まるで暗殺者のようにこっそり忍び込んでくるなんて……

はっ、まさか、アビスウオームは倒したし、魔導装備やアイテムボックスも手に入れたということで、用済みとしてオレの命を狙いに来たとか⁉

この仕事の間、オレはずっと三人に騙されていたなんてことは……⁉

「えっ、なんでって、このシチュエーションで分からないか？」

このシチュエーションって、暗殺以外考えられないぞ⁉

ユフィオは慌てるオレを見て、ニヤリと邪悪な笑みを浮かべる。

くっ……やっぱりオレを殺す気なんだ！　ウソだろ？　初めて仲間ができたと思ったのに……！

オレは一気に絶望の底へと叩き落とされる。

「ユフィオ、ウソだと言ってくれ！　オレはお前たちのことを心から信じて……お、おまっ、なんだその格好っ⁉」

よく見ると、ユフィオは下着姿だった。

オレを殺すための武器らしいものも持ってない。

んんんんんんんんん？　なんだコレ？　つまり…………どういうこと？

「お前ニブすぎだろ！　あたいがわざわざ下着で来たのに分からないのか!?」

わざわざ来た？　下着で？　…………………ひょっとして……夜這《よば》い……ですか？

え？　ウソだろ!?　こんなことが実際にあるなんて!?

とんでもない展開にパニックになっていると、またしても誰かがテントに入ってきた。

「ユフィオってば、抜け駆けはずるいわよ！」

ジーナだ！　ジーナまで何しに来やがった!?

……って、ユフィオと同じように下着姿になってますけど？

華奢なユフィオと違って、胸の迫力が凄い……

「ウフフ、無事仕事が終わったお祝いをしましょ！」

「お、お祝いなら、晩飯のときにみんなでやったじゃないか！」

「そんなんじゃなくて、もっと楽しいことあるでしょ！」

「た……楽しいこと〜っ!?」

な、なんだこの展開は!?　楽しいことってなんだよ、オレは晩飯のお祝いで充分楽しかったぞ!?

ああそうか、オレをからかってるのか！

オオオレを見くびるなよ！　よよ夜這いなんて屁《へ》でもねえんだ！

「きき君たち、あああんまり男をからかうもんじゃないぜ？　へへっ、冗談が過ぎると、こここのオオレも黙ってないぞ。そもそも願いが叶ったのになんでこんなことしてるんだ？」

「そうよ、いい男が見つかったのよ。充分すぎるほどのね」

「そうそう、リュークって男がな！」

「リュ…………オレえええええっ⁉」

どうなってんだ、オレのことさんざん眼中にないって言ってたのに⁉

思考が全然追いつかないぞ。

「ユフィオ、お前オレとは絶対に付き合わないとか言ってただろ！　からかってるならマジでやめてくれ！」

「ああ、スマン。今はお前を愛してる」

「愛し……な、なんで急に心変わりしたんだよっ！」

「心変わりも何も、お前の凄さをあんなに見せつけられたら、惚れるなって言うほうが無理だろ？」

「そうよ。アンタみたいな男には二度と巡り合えないからね。絶対に逃さないんだから！」

待て、待て待て！　オレにはアニスがあああああっ！

ジーナとユフィオの積極的な攻撃を喰らって、オレが寝袋に入ったままもがいていると、また誰かがテントに入ってきた。

残りの一人、キスティーだ！　良かった、助けが来た！

「キ、キ、キスティー、助けてくれっ！　ジーナとユフィオがおかしくなってるんだ！」

「もうっ、二人ともずるいじゃないの！　私もちゃんと誘ってよね！」

キスティーもかあああああああっ！

よく見ると、キスティーも下着姿だった。

アンタ神様に仕える神官でしょ⁉　こんなことしていいと思ってるの⁉

「ちょっとマジでやめろって、いったいお前らの貞操観念はどーなってんだ⁉」

オレは三人の暴れっぷりに一喝《いっかつ》するが……

「男のクセに何細かいこと言ってんだよ」

「大丈夫よリューク。怖がることないわ、アタシたちに任せて！」

「まあ私たちも経験ないんだけどね」

ユフィオ、ジーナ、キスティーはまるで聞く耳を持たなかった。

うおおおおお寝袋に入ったままじゃ全然抵抗できんっ！

狭いテント内に男一人と女三人ぎゅうぎゅう詰めで、なんだかもう甘い匂いに酔いそうだ。

ユフィオはオレの上に跨《また》がりながら力ずくで寝袋を剥《は》ごうとしているし、ジーナはハチ切れんばかりの胸をオレに押しつけているし、キスティーはオレの首に抱きついてきた。

待って、ホント待って！

「あ……あのな、みみみんなの気持ちは嬉しいが、三人との関係を壊したくないんだ！　誰かを選ぶなんてオレにはできない」

オレは声を裏返しながら必死にみんなを説得する。

彼女たちの一人と特別な関係になったら、きっとこの素晴らしいチームは崩《くず》れてしまう。

せっかく仲間ができたのに、そんなことはしたくない……

「あら、別に選ばなくてもいいわよ？　全員恋人でいいじゃない」

しかしジーナがいとも簡単にとんでもないことを言った。

「そうそう、あたいたち別に独占欲ないし」

「私も構わないけど？」

ユフィオとキスティーもジーナに同意する。

そういうのって普通ダメでしょ？

……えっ、三人とも気にしないの!?　思いがけない発言にオレも動揺を抑えられないが、三人の好意は素直に嬉しく感じる。

少し前までいろんな人からのけ者にされていたので、こんな状況になるなんてありがたいといえばもちろんありがたいのだが……しかし、オレにはアニスがいるんだ！

「みんなの気持ちは本当に嬉しい。だがオレには心に決めた人がいるんだ。だから諦めてくれ……」

オレが正直に言うと、三人の勢いは止まってしんと静かになった。

やばっ、断るにしても、ちょっと無神経だったか？

必要以上に傷つけちゃったかもしれない……

そうオレが反省していると、ジーナが口を開いた。

「あっ、本命いるんだ？　でも大丈夫よ、アタシは気にしないから」

「は…………はい？」

その言葉の意味が分からず、オレは聞き返してしまう。

「うん、いい男は本命がいても仕方ないからな。あたいも別に構わないぜ」

「私もいいわよ。本命さんも一緒にみんなで仲良くすればいいわ」

キ、キスティーさん？　あなたそんなに積極的な方だったんですか⁉

裸を見られただけで、殺す勢いで石をぶん投げてきたのがウソみたいなんですけど？

三人は、いよいよもって本格的にオレを襲おうとしてきた。

これ以上めちゃくちゃになる前に、オレは寝袋を引きちぎってその場を脱出する。

「あっ、待ってリュークっ！」

三人をテントに残したまま、オレは夜の砂漠に逃げ出した……

☆

「まさか一晩中帰ってこないとは思わなかったわよ」

ジーナが少し呆れたように言う。

翌朝戻ると、みんなが心配そうな顔でオレを迎えてくれた。

「そんなにあたいたちが嫌なのか？」

「いや、そういうわけじゃないんだ……ホントにスマン」

「分かったわよ。もう無理やり襲ったりしないから安心して」

「でもあたいちょっと傷ついたぞ」

「そうね。いきなりだったのは悪かったけど、でもこっちだって本当はちょっと怖かったんだからね。勇気出して行ったんだから！」

キスティーが顔を赤らめながら告白する。

そりゃそうか、三人も初めてって言ってたもんな。デリカシーのないことをして申し訳なく思う。

「ままだ始まったばかりだし、ゆっくりリュークを落とすことにするわ」

ジーナの言葉にユフィオとキスティーも笑顔で頷く。

諦めてなかったッスか……嬉しくないと言ったらウソになるけど、安易な気持ちで彼女たちを傷つけないよう注意したい。

オレたちは街へ戻るため、また砂漠の移動を開始する。

砂漠を出ても、ボンゴはそのまま客車を引っ張り続け、オレたちを街の近くまで運んでくれることに。

そしてボンゴは、エルメル草のお土産《みやげ》をたっぷり持って砂漠に帰っていった。

オレたちもしばらく歩いたのち、無事街に到着したのだった。

第四章　消えた王女

1．剣姫は男嫌い？

「ふあああああ、よく寝た。やっと疲れが取れたぜ」

オレはカーテンから射し込む朝日で目を覚まし、ベッドから体を起こす。

一昨日アビスウオーム討伐から帰ってきて、その疲労から昨日は一日中ずっと寝ていた。

全身ガッタガタで何もする気が起きなかったからな。

夜営の寝袋では上手く睡眠が取れなかったので、久々に味わうふかふかベッドの感触に、つい惰眠を貪《むさぼ》りまくってしまった。

ここ最近はひたすら活動していたから、まあいい休養にもなった。

アイテムボックスも作れるようになったし、今日からまたレベル上げを頑張ろう。

オレは朝食をとったあと、冒険者ギルドに向かった。


約二週間ぶりのギルドは、なんとなく懐かしさすら感じた。

場合によっては生きて帰ってこられなかったからな。つくづく、無事アビスウオームを倒せたことを神様に感謝したい。

さて、今日は何をしようかと依頼掲示板をのんびり眺めていると、突然後ろから声をかけられた。

「久しぶりね」

この声は……！

「アニス！」

麗《うるわ》しの剣姫アニスだった。

ああ、いつ見てもとんでもない美少女だ。オレはやっぱりアニスが好きなんだと痛感する。

で、オレなんかに声をかけてくれて、何か用でもあるのかな？

「昨日迷宮から帰ってきたの。せっかくだからあなたが来るか閉業時間まで待ってたんだけど、会えなかったわね」

「えっ、オレを……待っててくれたの!?」

ウソだろ、アニスのほうからオレに接触しようとしてたなんて！

なんでだ!?　オレなんかにいったいなんの用が!?

アニスを待たせちまったなんて、オレとしたことがなんて申し訳ないことをしてしまったんだ！

ちくしょうっ、昨日休まずに来れば良かったぜ！

「今回の探索で珍しい石を手に入れたの。『フォルティラピス』って鉱石で、持ち主に幸運を呼ぶと言われているわ」

そう言って、アニスは三センチほどのピンクの石を取り出した。

研磨されていないゴツゴツとした原石だが、透《す》き通るような色彩をしている。

「えっ、ひょっとしてこれを……オレに⁉」

「あなたが順調に成長できるようにお守りよ。ただ、綺麗な石だけど、価値はほとんどないの。拾い物を渡してごめんなさいね」

「い、いや、とんでもない！　ありがとう、一生大事にするよ！」

「ふふっ、大げさね」

ウソだろ⁉　アニスからプレゼントをもらっちまうなんて！

それに、これを渡すためだけにオレを待っててくれたなんて、信じられない！

オレの運が一気に上向いてきた気がする！

「そういえば、あなたの名前をちゃんと聞いてなかったわ。改めて自己紹介しましょ。わたしはアニス・メイナード」

「オ、オレはリューク。リューク……」

オレはゲスニクの養子だったから、本名はリューク・ハイゼンバーグだ。

だが、もうその名は使いたくない。今この場で捨てることにする。

オレの新しい名前は……

「オレはリューク・ヴェルシオンだ」

オレはとっさに思いついた名前を言った。

『ヴェルシオン』とは、ゲスニクに養子として引き取られる前——オレがまだ孤児院にいたときに読んだ絵本の主人公の名だ。絵本の中で、主人公は世界を救っていた。オレもそんな男になりたい。

「リューク・ヴェルシオン……いい名前ね」

アニスがオレの名前を聞いてニコリと微笑む。

あのマイペースで口数少ないアニスがこんなに喋ってくれるなんて、いつになく機嫌がいいように感じる。凄くいい雰囲気だ。今なら、今ならアニスを誘っても……！

「あ、あの、いきなりで申し訳ないんだけど、オ、オレとチームを組んでもらえないかな？　アニスと一緒に迷宮を攻略したいんだ」

オレは持てる勇気を全部振り絞って、アニスに想いを告げた。

心臓が爆発しそうなほど激しく鼓動する中、アニスの答えをじっと待つ。

一呼吸おいて、アニスはゆっくりと口を開いた。

「わたしでよければ、あなた……」

「オッス、リューク！　昨日はしっかり休んだか⁉」

アニスの返答に被りながら後ろからオレに抱きついてきたのは、ユフィオだった。

「今回の仕事は本当に色々あったからね。アタシも久々に一日中ぶっ倒れてたわ」

「私も昨日は全然動けなかったわ。もう歳なのかしら？」

続いてジーナとキスティーも現れる。

お前ら、こんな大事なタイミングで来ないでくれよ〜っ！

「どうだ、あたいたちのチームに入る気になったか？」

「帰ってきたら改めて誘う約束だったからね。出先じゃ逃げられちゃったけど、今度は逃がさないわよ！」

「私たち相性がいいと思うの。ねえリューク、お願い、うんと言って！」

「お、おい、よせって！」

三人はやたら引っつきながらオレを勧誘してきた。

ジーナは胸も押しつけてきてるけど、これわざとだろ！

まったく、今アニスが答えてくれたのに、ジーナたちのせいで聞き取れなかったじゃないか！

「ご、ごめんアニス、もう一回言っ……」

と言ったところで、さっきとは急に雰囲気が変わったのをオレは感じた。

気のせいか、なんかアニスの顔から感情が消えてるような……？

めっちゃ冷たい目で見られてる気がするのは何故？

「…………モテるのね」

「は、はい!?」

アニスが低い声でぼそりと呟いた。

おかしい、なんだか空気がやたら重く感じる。というか、さっきまであんなに友好的だったアニスが、まるで犯罪者を見るような軽蔑の視線になっちゃってるんですけど!?

「邪魔してごめんなさいね」

一言そう言うと、アニスはくるりと背を向け、そのまま去ろうとした。

オレは慌てて引き止める。

「ああ待ってアニス、オ、オレとチームを組む返事は……？」

「わたし、Sランクの人以外とは組む気ないから」

はっきりと拒絶の返事を残してアニスは去っていった。

あ……ちょっとオレ泣きそう……断られるにしても、もっと優しく言ってくれると思ってたのに。

やっぱオレの手の届く存在じゃないんかな……

「何よ、誰と話してるのかと思ったら、今の剣姫アニス・メイナードじゃないの。知り合いなの？」

ジーナがオレの片腕に抱きついたまま発言する。

「ああまあ知り合いっていうか、その……」

「もしかして、リュークの想い人ってあの子なの⁉」

勘のいいキスティーに、オレの好きな人がバレてしまう。

別に隠すようなことでもないんだけどさ。

でもオレのような男が狙うのは身分不相応かなと、我ながらちょっと恥ずかしくなる。

「よせよせリューク、剣姫はバーダンの女だぜ。諦めろ」

ア……アニスがバーダンと付き合ってるっ⁉　ウソだろ⁉

考えられる限り最悪じゃないか！

マジで涙が出てきた…………………

「ユフィオ、ウソを言うのはやめなさい」

キスティーがユフィオの頭をペシッとはたく。

「イテッ！　でも、リュークに諦めさせるにはちょうどいいだろ？」

えっウソって何？　どういうことなの⁉

オレ今パニック状態だから、ワケ分かんないこと言わないでくれ！

「ユフィオが言ったことはデタラメよ。剣姫はバーダンなんかと付き合ってないわ。でもリューク、あの子は諦めたほうがいいんじゃない？」

ジーナがアニスとバーダンの仲を否定してくれたので、オレは心底ホッとする。

まったくユフィオめ、言っていい冗談と悪い冗談があるぞ！

「ユフィオ、ウソつくなんて酷いじゃねえか！　危うくショック死するところだったぞ！」

「いや悪い悪い。ただ、今言ったのはウソだが、お前が相手にしてもらえないのは本当だぞ。リュークが傷つく前に諦めさせてやろうと思っただけだ」

「なんでそんなことがユフィオに分かるんだよ？」

「だって……剣姫が男嫌いなのは有名だからな」

「ええ、まあそうね」

ユフィオの言葉にジーナとキスティーも頷く。

アニスが男嫌い？　そんな話、初めて聞いたぜ。

「あのねリューク、剣姫アニス・メイナードは有名だし、あの通り外見も綺麗だから、今まで数々の男が言い寄っているの。でも、みんなあっさりフラれているわ」

「そうそう、どんな金持ちやいい男から告白されても絶対になびかないらしいわよ。王子のプロポーズすら断ったという噂もあるんだから」

キスティーとジーナが詳しく教えてくれる。

アニスが男嫌いだなんて……そうか、だからさっきジーナも諦めたほうがいいと言ったのか。

でも、なんだかホッとした。少なくとも、今アニスと付き合っている男はいないのだ。

「な、だから諦めたほうがいいんだよ！」

「そうよ、アンタにはアタシたちがいるじゃない！」

「失恋したリュークを私たちが慰めてあげるわ」

う～ん、三人の気持ちはホント嬉しいんだけど、積極的すぎて困る。

ま、それはともかく、アニスはSランク以外とは組まないと言っていた。

逆に言うと、Sランクになれば組んでくれるかもしれないってことだ。

なら、まずオレはSランクになろう。そしてもう一度アニスにアタックする。

簡単には諦めないぞ！

☆

「えっ、Sランク試験を受ける？　……あなたが!?」

ギルドの受付嬢が、オレの言葉を聞いて驚いている。

アニスに断られた翌日。オレは一晩気持ちの整理をしてから、Sランク昇級試験の申請をすることにした。Sランクにもなれば、色々と周囲の注目を浴びることになる。そうなれば、これまでと同じように自由には行動できないだろう。

それでも、アニスに少しでも近付くためには、まずSランクになるしかなかった。

「失礼ですが、Fランクのリュークさんでは、到底Sランクの試験に合格できるとは思えません。高い試験料が無駄になりますよ？」

Sランク試験は誰でも受けることが可能だが、現在のランクが低いほど試験の料金は高額になる。冷やかしで受けられてはギルドとしても迷惑なので、実力が不足していそうな者が安易に受けないよう、そういう料金設定がされているのだ。

Fランクの者が受けようと思ったら、かなりのお金が必要だ。

ただ、オレは金銭的に困ることはないので、いくら高額でも問題ない。

もちろん、試験に落ちるつもりもないが。

「お金なら大丈夫。とにかく試験を受けたいんだ。許可してもらえるかな？」

「ギルドとしては問題ありませんが、ただこんなケースは初めてでして……すみません、念のためギルド長と相談してきますので、少々お待ちください」

そう言って、受付嬢は奥の部屋に入っていった。

ギルド長に相談か……この場で許可してもらいたかったが、のちのち何か問題になるかもしれないと、受付嬢も自己判断するのを躊躇《ためら》ったんだろうな。

試験中に重大な事故などが起きる可能性もある。ギルド長に指示を仰《あお》ぐのは当然かもしれない。

だがそのギルド長のフォーレントがなあ……

ゲスニクと繋がりのある男だけに、あまりオレの現状を知られたくないんだ。

まあどのみち、オレのことはバレるだろうから、いい機会かもしれないが。

しばしののちに、受付嬢はフォーレントを連れて戻ってきた。

身長は百八十センチほどで、元Sランクの戦士だったこともあり、ガッシリと筋肉質な体形だ。

確か今年で五十歳になるはずだが、まだまだ若い外見をしている。

そのフォーレントが、受付に立っているオレを見つけて叫んだ。

「お、お前はリューク!?　ゲスニク様の屋敷を叩き出されたあと、冒険者になっていたのか!?」

「えっ!?　えっ!?　リュークさんとギルド長はお知り合いだったんですか!?」

フォーレントとオレが知り合いだと分かって、受付嬢が驚いている。

「久しぶりだなフォーレント。元気そうで何よりだ」

「なんだその口の利き方は!?　あの腑抜《ふぬ》けのリュークとは思えん態度じゃないか」

ああ、あの頃のオレは、なんでも言うことを聞く召《め》し使いだったからな。

洗脳されていたから、自分の意思なんかない状態だった。

でも今は違うぜ。

「フォーレント、オレはSランク昇級試験を受けたいんだ。許可をくれ」

「お前が？　Sランク試験？　…………ギャハハハハッ」

フォーレントは腹を抱えて大笑いしている。

それにつられたのか、受付嬢まで笑いを我慢しているような表情になった。

ま、仕方ないわな。

「Sランク試験、許可してくれるか？」

「ああ、好きなだけ何度でも受けるがいい。試験はオレも見物させてもらうぞ。ぐはっ、お前がどんな無様《ぶざま》な姿を見せてくれるか楽しみだ」

フォーレントはロクに考えもせずに許可をくれた。

面倒くさい展開にならなくて良かった。あとは試験をするだけだな。

多分大丈夫だとは思うが、落ちないようにしっかり準備をしておくとしよう。

「そ、それでは、リュークさんの現在の能力を確認させてもらいますね」

受付嬢は奥歯を噛みしめてるような表情で、試験の手続きをしようとする。

よく見ると、目尻にうっすら涙まで浮かべていた。最底辺のFランクが自信満々にSランク試験を受けるのが相当おかしいんだろうな。

でも笑わないで仕事をこなしてるんだから偉いぞ！

オレから冒険者カードを受け取った受付嬢は、検査機にかけて中のデータを読み取る。

表示されたその数値を見て、受付嬢は一瞬息を呑んだあと大声を上げた。

「レ……レベル118っ⁉」

その声を聞いて、フォーレントも検査機を覗く。

「な……なんだこのステータス数値は⁉　機器が壊れているんじゃないのか⁉」

「……い、いえ、正常です。ということは、冒険者を始めてまだ二ケ月も経っていないのにレベル118になった⁉　史上最速記録なんてものじゃないわ、そんなことありえるの⁉」

受付嬢は何かの異常がないか、何度も何度も検査機を確認している。

アビスウォームの経験値を独り占めしたらもっとレベルは上がっていたが、倒せたのはジーナたちのおかげでもあるし、まあこんなもんだろう。

それでも、ここのギルド最強のバーダンと同レベルなんだから、試験も文句ないはずだ。

受付嬢はワケが分からないといった表情でオレにカードを返却してきた。

「ということで、Sランク試験よろしく」

オレがそう言って去ろうとすると、我に返ったフォーレントが慌てて止めてくる。

「ま、ま、待てリューク、Sランク試験は受けさせんぞ、却下だ！」

「な、なんだと⁉」

突然フォーレントがさっきの発言を翻《ひるがえ》した。

「ちょっと待てよ、何度でも受けていいって言ったじゃねえか。話が違うぞ！」

「オレがダメと言ったらダメだ、許可できん！」

「ギルド長とはいえ、そんな勝手なことやっていいのか⁉」

「なんとでも言え！　……いや、そうだ思い出した！　Sランク試験は、冒険者となってから三年は受けられない決まりだ。すっかり忘れておったわ！」

なんだと!?　そんな条件なんて初耳だぞ!?

「ギ、ギルド長、そんな決まりありましたっけ？」

「う、うるさいっ、お前は黙っていろ！」

受付嬢も疑問に思ったようで、フォーレントに問いかけている。

どうもウソくさい話だが、ここであまりフォーレントと揉めたくない。さらに難癖をつけてくるかもしれないからだ。別の街に行って試験を受けるという手もあるが、その場合、冒険者としての所属をこのギルドから別の街のギルドに移さないといけない。

ひょっとしたら、フォーレントはその手続きも邪魔してくる可能性がある。それに一時的にとはいえ、この街を離れるのも気が進まない。

色々と思うところはあるが、一応Fランクでも現状は問題ない。

そもそもSランクになりたいのは、アニスに近付きたいからという理由だしな。どうしてもSランクが無理なら、別の方法でアニスに認めてもらえばいい。

納得はできないが、とりあえず今日のところは諦めるとしよう。

オレはおとなしく引き下がって、受付をあとにした。

オレにはやることがいっぱいある。今日も頑張ってレベリングだ！

2．王国の天才魔導士

「おはようリューク」

「オッス、リューク！　相変わらず早いな」

「ああおはよう。ジーナたちも早いじゃないか」

本日も冒険者ギルドに行くと、ジーナたちがあとからやってきて朝の挨拶をする。

「ねえ、今日も一人で出かけるの？」

挨拶が済むなり、キスティーが不満そうに尋ねてきた。

チームに入るかどうかは別として、一緒に依頼を受けないかと毎日誘われているのだが、それを断ってオレは一人で活動を続けている。

三人のことを避けているわけじゃなく、レベリングするには一人のほうが都合がいいからだ。複数人いると、経験値が分配されちゃうからな。

このことについては、ジーナたちにももちろん説明してある。

「そんなに強いのに、まだ強くなるつもりかよ。もう充分だと思うけどな」

ユフィオが少し呆れたように呟く。

いや、まだオレはレベル１２３だ。バーダンの１１８を超えたとはいえ、ドラグレスの１３１には届かない。

ヤツに絶対に勝てるという強さになるまで、オレは気を緩めないつもりだ。

ちなみに、Sランク試験については『スマホ』の検索で調べてみたが、あまり詳しく載っていなかった。

この手のことはイマイチ調べづらいようだ。法律関係なども検索ではよく分からなかったりする。

オレのレベルが上がればまた違うのかもしれないが。

「まあ仕方ないわね。リュークの邪魔はしたくないし、今日もアタシたちだけで仕事に行ってくるわ」

「すまないな。オレの力が必要なときはいつでも言ってくれ」

そう言って会話を終え、さて今日もレベリングに出かけようかと思っていたところ……

「す、すまん、誰か力を貸してくれないか！」

ギルドの扉を激しく開けて入ってきたのは、立派な装備を着けた兵士……いや騎士だった。

ここらにいる兵士は基本的にはゲスニクの私兵だ。しかし、この騎士はどうやら違うようだった。

鎧《よろい》に入っているあの紋章は、ひょっとしてアルマカイン王国の騎士団のものじゃないか？

アルマカイン王国はこの領地の管轄国だ。ゲスニクもこの領地をアルマカイン王家から賜《たまわ》った。

入ってきた男は、恐らくアルマカインの王都の騎士団員と思われる。

周囲の冒険者たちも騎士の正体に気付いたようで、何か非常事態が起こっていることを察知する。

「王都の騎士が何故こんな辺境の領地へ来たんだ？」

「オレたちの手を借りねばならない何かが起きたということか？」

すぐさま状況を尋ねる冒険者たち。

「そうだ！　昨夜、夜営中にいきなりモンスターに襲われ、我らが混乱している最中、気が付くと王女様が行方不明となってしまったのだ」

「グリムラーゼ王女様が⁉」

騎士の答えを聞いて、冒険者たちの顔色が変わる。

グリムラーゼ王女だって？　年齢は確かオレの一つ下の十七歳で、輝くような美少女だという噂を聞いたことがある。

残念ながらオレはまだその姿を拝見したことはないが。

その王女が、モンスターに襲われてどこかに行ってしまったというのか⁉

「ここから少し離れた北の森で現在我らの仲間が捜索中なのだが、諸君らにもそれを手伝ってほしいのだ！」

北の森っていうと、かなり危険なモンスターが棲息しているはず。

普通の冒険者なら、あまり行きたくない場所だが……

「おおっ、任せておけっ！　グリムラーゼ王女はオレが助けてやる！」

「オレも行くぜ！」

「オレもだ！」

ギルドにいた冒険者たちがぞろぞろと騎士の周りに集まり、大声で助太刀《すけだち》を申し出た。

一見、愛国心溢れるいい冒険者たちに見えるが、実はそうではない。みんな、褒美《ほうび》や王女が目当てだ。顔を見れば分かる。欲にまみれた表情をしているからな。

まあ冒険者というのはそういうものなので、別に悪いことじゃない。

そもそも冒険者は手頃な依頼がなくなればギルドの所属を替えてあちこちの国を渡り歩くので、現在このアルマカイン国に住んでいたとしても、愛国心などは持ってない者が多い。

このトラブルに助太刀して王女を助ければ、とびっきりの褒美をもらえそうだし、場合によっては王女と親密な仲になれる可能性すらある。野望多き冒険者なら血が騒ぐのも当然だ。

ギルド内は男たちの興奮で溢れ返る。

「皆の助力感謝する。では案内するので、私に付いてきてくれ」

騎士がそう告げると、みんな我先にと出口に殺到していく。

ちなみに、アニスやバーダンたちSランクはまた迷宮に潜ってしまったので、ここにはいない。

オレも一緒に迷宮へ行きたかったんだがな……Sランクになっていれば連れていってくれただろうか？　ま、バーダンたちがいるんじゃ、行ってもトラブルになるだけか。

「リュークはどうするんだ？」

冒険者たちが出ていく様子を見ながら、ユフィオがオレに訊いてきた。

「オレも今日のレベリングは中止にして、捜索を手伝うことにするよ。王女様が心配だしな」

「アンタは王女が目当てじゃないわよね？　好きな人がいるんだから」

「リュークは剣姫が本命だものね」

「お、おいよせよ！」

ジーナとキスティーがからかってきたので、慌てて二人を静かにさせた。

「ま、いいや。あたいたちも協力するか」

とりあえずオレたち四人も手伝うことを決め、ギルドの外に出ようとする。

すると後ろからオレを呼び止める声が聞こえてきた。

「待てリューク！　お前はここから出てはならん！」

振り返ってみると、ギルド長のフォーレントが立っていた。

今の騒ぎを聞き付けたんだろうが、オレが行っちゃいけないってのはどういうことだ？

「フォーレント、なんでオレはギルド《ここ》から出ちゃダメなんだ？」

「バカ者、ギルド長と呼べっ！　何故出てはダメかだと!?　お前のようなFランクが行っては捜索の邪魔になるからだ！」

「いや、オレのレベルは知ってるだろ？　邪魔になんかならな……」

「ダメと言ったらダメだ！　お前が捜索に関わることはオレが許さん！　命令違反をすれば、お前の冒険者資格を剥奪《はくだつ》してやるぞ」

おいおい、フォーレントにそんな権限あるのかよ!?

フォーレントの剣幕にジーナたちは呆気《あっけ》に取られている。オレはフォーレントの裏の顔を知っているが、ジーナたちはこんなギルド長を見るのは初めてだろうしな。

それはともかく、冒険者をクビにされたら困る。

せっかくここまで頑張ってきたんだ。あと一歩でアニスに近付けるってところで、変なトラブルを起こしたくない。

仕方ない、王女の捜索はほかの冒険者に任せるか？

……いや、やはり協力してやりたい。

オレの力はかなり役に立つはずだ。このままここで待機して、王女を救えなかったらきっと悔いが残る。

ではどうすればいい？　オレは思考を巡らせる。

……そうだ、この手を使ってみるか！

「フォーレ……ギルド長、実は非常に珍しい魔石を手に入れたんだ。それをやるから、オレのことを行かせてくれないか？」

「ならん！　そもそも魔石などいら……」

「まあコレを見てくれよ」

オレは『スマホ』からアビスウオームの魔石をコピー出力してフォーレントに見せる。

要するに賄賂《わいろ》だ。

単純だが、フォーレントみたいなヤツにはこの方法がよく効くだろう。

「こっ……おおおっ、な……なんだこの魔石はっ⁉」

「な、凄いだろ？　これを渡すから、オレが行くのを許してくれないかな？」

「こりゃ、その……しかし、これはなんという魔石だ。こんなものなど見たこともないぞ」

「ま、手に取ってくれって」

オレは無理やりフォーレントに魔石を手渡す。

でかいだけに、フォーレントの腕が一瞬その重みで下がる。

この重さは価値の重さでもある。フォーレントなら、いくらくらいになるかだいたい見当がつくだろう。

フォーレントがゲスニクに、ギルドに保管してある魔石をこっそり横流ししていたことをオレは知っている。

このアビスウオームの魔石もきっとヤツに売るに違いない。

「な、頼む、行かせてくれ！」

オレはもう一度頼む。

フォーレントは魔石を凝視したまま、興奮でどんどん息が荒くなっていく。

そしてようやく口を開いた。

「はあはあ、い……いいだろう。だが捜索の邪魔はするんじゃないぞ」

「分かってるって！　サンキュー、ギルド長！」

フォーレントに礼を言うと、オレたちは置いていかれないよう、すぐに冒険者たちのあとを追った。

「お、おい、あの魔石をあげちまっていいのか？」

「そうよ、アビスウオームのことは秘密にするんじゃなかったの!?」

ユフィオとキスティーが心配そうに聞いてくる。

「安心してくれ。あんな男に、オレたちが命懸けで取ってきたお宝を渡すようなことはしないぜ」

「えっ、で、でも、今渡したじゃ……？」

「大丈夫だって！」

オレの言葉を聞いて、キスティーは混乱している。

「とにかく、今は王女の捜索に集中しよう」

オレはそう言って彼女たちを落ち着け、冒険者たちのもとに急いだ。

☆

行方不明となったグリムラーゼ王女を捜すため、大勢の冒険者たちは騎士の先導によって北の森へ行くことに。全員馬に乗っての移動だ。

オレたちは、オレの馬の後ろにジーナが乗り、ユフィオの後ろにはキスティーが乗る形でその集団を追っていく。

馬車では丸一日はかかってしまう距離だったが、馬なら三時間ほどで到着した。

現在はまだ昼前で、王女の安全を考えれば日が暮れるまでには見つけたいところだ。

現地に着いてみると、王都の騎士たちが十人いた。

王女の護衛としては少ないが、ほかの騎士たちは森に入って捜索しているのか？

冒険者たちは馬から降りると、近くに馬を繋ぎ、護衛隊のリーダーらしき人の前にぞろぞろと集まっていく。

総勢三百人くらいだろうか？　危険な森を捜索するだけあって全員Cランク以上で、それなりに腕に覚えがある者ばかりだ。

ゲスニクの領に最近できた迷宮を探索するため、多くの冒険者が集まっていたことが幸いした。

しかし、森はかなり広いだけに、この人数でも足りているかどうか。

護衛隊のリーダーは騎士ではなく、魔導士のローブを着ていた。

それもかなり高級なものだ。ひょっとしたら国宝級に近い魔導装備かもしれない。

三十歳ほどの細身の男性で、身長はオレよりほんの少し低い百七十三センチくらい、薄灰色の長髪を背中に垂らしている。

「おい、アイツはアルマカイン王国の宮廷魔導士長ラスティオンだ！」

「宮廷魔導士長？」

ユフィオがその男について教えてくれた。

ラスティオンという名前ならオレも聞いたことがある。確か『雷帝《らいてい》』の異名を持つ天才ウィザードで、数年前に起きた戦争でも大活躍した人だ。

『スマホ』で分析してみると、レベルは１４２で、授かったギフトはSランクの『魔導守護者』。

あのドラグレスのパートナーであるゼナと同じだ。

ただし、レベルも覚えている魔法もラスティオンのほうが遥かに上で、世界で数人しか使い手のいない第一階級の魔法まで習得している。

持っている属性魔法は火、水、風、土、闇、無の六属性だが、『雷帝』と言われているだけあって風属性の雷撃魔法が得意のようで、若くして宮廷魔導士長にまで出世したのも頷ける強さだった。

レベル１４２なんて、ドラグレスの１３１を大きく超えているしな。アルマカイン王国最強の魔導士だから当然と言えば当然なんだろうが、上には上がいるもんだと感心してしまう。

そのラスティオンが、今回の捜索について説明を始めた。

「皆の者、よくぞ集まってくれた。此度《こたび》のことについてだが……」

ラスティオンによると、グリムラーゼ王女はお忍びで移動していたのだが、昨夜この近くで夜営をしていたところ、巨大モンスターに襲われてそのまま闇の中に消えてしまったらしい。

あっという間の出来事で、ラスティオンをもってしても護衛が間に合わなかったようだ。

モンスター相手に魔法をぶっ放した形跡があり、森の一部が大きく焼け焦げていた。

王女には専属の護衛騎士もいて、その人も一緒に行方不明になっている。

モンスターに追われて逃げているのか、それともモンスターに連れ去られてしまったのかは分からないが、生きていることを信じて二人を捜してほしいとのことだった。

「いくつかの部隊に分けるので、指示に従って捜索してくれ。もちろん多額の報酬を約束する」

魔導士長からハッキリと報酬のことを聞いて、冒険者たちのほぼが緩む。

捜索は三百人の冒険者を五つの部隊に編成し、それぞれ分かれて森に入ることに。

オレは北西方面を捜す担当になったが、その前に王女が乗っていた馬車に近寄り少し調べてみる。

馬車は昨夜の戦闘で大破していたが、オレの目的に馬車の状態は関係なかった。

その馬車を調べて少し分かったことがある。

「あの……オレは北西ではなく、北東を捜してみたいんですが？」

オレはラスティオンに部隊の変更を申し出てみた。

「なんだ君は？」

「オレはリュークといいます。オレを北東に行く部隊に変更してください」

ラスティオンの質問に簡潔に答える。

「勝手な行動をされては困る。誰だって捜したい場所はあるだろうが、それをされると収拾がつかない。こちらの指示に従ってもらおう」

「いや、お願いします。北東に行きたいんです」

オレの強い主張に、横にいるジーナたちも驚いている。

ラスティオンたちも捜索について作戦を考えているだろうが、オレとしてもこれだけは譲れない。

「リューク、それほど北東に行きたいってことは、確信があるんだな？」

ユフィオが小声で聞いてきたので、小さく頷く。

今馬車を確認したところ、恐らく王女は北東にいる可能性が高い。

何故分かるかというと、馬車に残っていた王女の匂いを嗅いだからだ。

オレの持っているモンスタースキル『嗅覚』は、現在では（特）まで成長していて、優秀な犬以上に嗅覚が鋭《するど》くなっている。

それで調べてみたら、王女の匂いは北東から漂っていた。だからいる可能性が高いのは北東だ。

本当は全員で行きたいくらいなのだが、オレの嗅覚が万が一間違っていたら大変だ。念のため、ほかの方面も捜したほうがいいだろう。

そういう理由で部隊の変更を申し出たわけだが……ちょっとわがままだったか？

しかし、匂いのことは多分信じてもらえないだろうから、説明が難しい。

どうしても無理なら、こっそり北東に行くしかないが……

と悩んでいたところ、ラスティオンの横に立っていた騎士が、オレの胸に付いているプレートを見て声を上げる。

「お前、その白プレート……Fランクじゃないか！　初心者《ノービス》のくせに、我らの命令にケチをつけてたのか⁉」

「初心者《ノービス》？」

ラスティオンがもう一度オレを見て、急にどうでもいいような表情になった。

「……好きにしろ。どこの部隊にいても役に立たぬだろうからな。ただし、捜索の邪魔はするな」

どうやら北東部隊への変更許可が下りたようだ。

初心者《ノービス》で軽く見られるのも、こういう利点があるんだな。戦力にならないと思われる分、自由が利くってヤツだ。

「あっ、じゃああたいたちも！」

オレの部隊変更を聞いて、ユフィオたちも一緒の部隊を希望する。

危険な森だけに、オレとしても三人が同じ部隊だと都合がいいが、さすがに無理か……？

「ああもう好きにするがいい。こんなところでグズグズしている暇はないのだ」

おお、ラッキー！　まさか許可してくれるとは。

身勝手なこと言ってすまんね。その代わり、全力で王女を捜すから許してくれ。

「一応Aランクの君たちは、同ランクの者と入れ替わるようにしてくれ」

ラスティオンは面倒くさそうにそれだけ言うと、オレたちから離れていった。

指示通り、ジーナたちは北東部隊にいたAランクの人と入れ替わってもらう。

ラスティオンはこのあとの作戦を騎士たちと相談したあと、またこっちへと戻ってきた。

結局、十人の騎士を二人ずつに分けて、それぞれの部隊を指揮するみたいだ。

たまたまなのか、オレたちのいる北東部隊は、ラスティオンとその配下の騎士二人が同行することになった。

できれば、今揉めたばかりのラスティオンとは別の部隊が良かったが、これは仕方ない。オレは目を付けられてる気がするので、なるべく目立たないように行動することにしよう。

最終確認をしたあと、それぞれの方面に向けて部隊は出発した。

3. 森の捜索

森の草木は鬱蒼《うっそう》と生い茂り、人が通れるような道などまるでない状態だ。

それを必死に掻き分けながら、オレたちは奥へと進んでいく。

この捜索に集まった冒険者は、Aランクが三十人ほど、Bランクは百人弱、Cランクは二百人弱だったので、五つの部隊にそれぞれ均等になるような感じで振り分けられた。

一部隊の平均人数は、王女の護衛騎士を含めて六十数人ってところだ。

オレたち北東方面の捜索部隊には、Aランクはジーナたち三人を含めて合計七人。

魔導士長のラスティオンがいることも考えると、ほかの部隊よりも頭一つ……いや二つ抜けた戦力があるだろう。オレもいるしな。

王女はこっち方面にいる可能性が高いので、これはツイている。

一刻も早く救出しなければならない状況ではあるが、危険な森だけに、部隊は慎重に進んでいく。

手柄を焦っている冒険者たちですら、そのあたりの注意は怠っていない。

我先にと血眼《ちまなこ》になって森を駆けずり回りそうなイメージはあるが、命あっての物種《ものだね》ということは、みんな冒険者生活をしていく中で身に染みて分かっているらしい。

どんな褒美がぶら下がっていようとも、死んだら意味がないからな。

ちなみに、冒険者というとモンスター討伐が主な仕事と思われているが、基本的には依頼もなく戦ったりはしない。命の危険がつきまとうのだから、冒険者だってなるべくモンスターとは戦いたくないのだ。

オレはレベリングのためにあえて討伐に出向いているが、それでも危険な場所はちゃんと避けている。

そもそも討伐の依頼は、居住地や街道のそばにモンスターが出た場合や、棲息数が増えすぎたときなどにされるもの。

この森に棲むモンスターなどは人間の生活圏に絡んでこないため、討伐依頼をされることはほぼない。よって、この森にはほとんどの冒険者が初めて来ている。

よほどの理由がない限り、こんな危険な森にわざわざ来ることなんてないからな。

そういうわけで、ある程度推測可能とはいえ、どんなモンスターがいるのかみんな分からずに進んでいる状態だ。

「ところでラスティオンさん、襲ってきたモンスターはどんなヤツだったんスか？」

オレは少し後ろを歩くラスティオンに、今回の発端となったモンスターのことを聞いてみる。

ラスティオンと部下の騎士二人は、森の探索は専門家である冒険者たちに任せて後方を進んでいた。

Fランクであるオレも、あまり出しゃばらないように部隊の真ん中辺りを歩いていたので、たまたまラスティオンが近くにいて話しかけやすかった。

「……一瞬の出来事だったうえ、暗くてよく分からなかった。私は魔物には詳しくないのでな」

ラスティオンは先ほどと同様、少し面倒くさそうな顔をしながら答える。

「へーそうッスか……んじゃあ、さっきいなかったほかの騎士さんは今どこにいるんスか」

「先刻説明した通り、グリムラーゼ王女を追って先に森に入っている」

「なるほどねえ……」

ラスティオンの説明に、オレはどうにも引っかかることがあった。

実は馬車で王女の匂いを嗅いだとき、モンスターの匂いはしなかったのだ。

ずっと馬車に乗っていた王女と違って、モンスターが馬車と接触した時間は一瞬だっただろうし、それで匂いが残ってないのかもしれないが。

その襲ってきたモンスターも、暗くてよく分からなかったという。

しかし、ラスティオンには『暗視』スキルがある。昼間のように見ることまでは無理だが、しっかり姿は確認できたはずだ。

ただ、冒険者でない人には、一瞬ではモンスターの種類が判別できなくても一応納得はできる。

だが、森を焼き焦がしていた魔法にも疑問を感じている。

あんな強力な魔法を使って、王女を巻き込んでしまったら大変だ。

深夜に突然襲撃されたので、混乱してつい撃ってしまったということもありえるだろうが……

そして先に森に入ったという騎士たちだ。

いくら王女を捜すためとはいえ、これほど危険な森を少人数で追っていくだろうか？

何か大事なことを隠されている気がしてならない。

「それじゃあラスティオンさ……」

「君はFランクだというのに、ずいぶん気安く私に話しかけるのだな。本来なら口など利けない間柄なのだぞ。手を借りているだけに私も応対するが、できれば余計なことは聞かないでほしいな」

「……そりゃあ申し訳なかったッス。以後慎《つつし》みます」

ピリピリしているのは、王女の身を案じてなのか、それとも何か別の理由があるのか。

この捜索、単純なものではないかもしれない。

そんなことを考えていると、前方の集団からユフィオの声が聞こえてきた。

「みんな気を付けろ、手強いモンスター《ヤツ》が近くにいるぞ！」

ユフィオは周囲に注意を促《うなが》す。

Aランクであるジーナたち三人はこの部隊の主力なため、ほかの冒険者たちと一緒に前方を歩いていたのだが、探知《サーチ》の魔法を使っていたユフィオがいち早くモンスターの存在に気付いたようだ。

オレも『探知』スキルで気付いていたが、ユフィオの言う通りこれは結構強そうだ。

低ランクのモンスターにはすでに何度か出会っていたのだが、こっちも優秀な冒険者が集まっているだけに、一蹴してきた。

しかし、コイツはそう簡単にはいかなそうだぞ。気配の殺し方もかなり巧妙だ。

「モンスターだって!?　本当かユフィオ？　オレの探知にはまだ何も引っかからないが？」

「ああ、きっちり待ち伏せしてやがる。多分木の上だ。あともう一体は地面を這って近付いてきてるぞ」

「二体もいやがるだと!?　そんなわけねえ、このオレが探知できないのに、ユフィオに分かるはずがない」

「ユフィオ、いい加減なこと言って混乱させるんじゃねえよ！」

ユフィオを信じていない冒険者たちは、忠告を無視して勝手に進んでしまう。

だが、そんな冒険者たちの前に、前方の大木からズルルと何かが下りてきた。

体長十メートルを超えるムカデ型モンスター、ブラッドスコロペンドラだ。真っ赤な毒々しい体の両脇で、数十の足を蠢かせている。

そしてほぼ同時に、生い茂る草からヌッと姿を現したのは、胴体が四メートルある巨大蜘蛛《きょだいぐも》デスタランチュラ。

足を広げた大きさは八メートルほどにもなり、見かけによらず動きが素早いヤツだ。

「ほ……本当にいやがった！」

「うおおおおっ、ま、待った、こんな近くまで接近してたとは……！」

どちらもAランク冒険者ですら苦戦する強敵で、不意を突かれてしまった先頭の冒険者たちは、慌てて後退して距離を取る。

しかし、それ以上の速さで瞬く間に接近してくる二体のモンスター。生い茂る植物が妨げとなって、冒険者たちが退避に手間取ったせいもあった。

百戦錬磨の彼らから、思わず悲鳴が上がる。

「ちょおおおっ、だ、誰かっ、アイツらを止めてくれえっ！」

障害物の多い森では、この人数での戦闘は逆に不利を招いた。

お互いが邪魔で自由に動けず、モンスターとの適切な間合いが取りづらいのだ。

味方に攻撃を当ててしまう危険もあるから、むやみに攻撃もできない。

仲間が多いということで、少々油断してしまったところもある。

このままでは、まとめてやられてしまう。とにかく一度逃げるしかないと、慌ててみんなが行動したため、パニック状態となっていた。

「あたいたちに任せなって！」

ユフィオの言葉に合わせるように、ジーナとキスティーも前に出ていく。

ジーナはレベル93、ユフィオは92、キスティーは90まで成長しているので、三人に任せておけば大丈夫だろう。

「キスティーはムカデ野郎の足止めをお願いっ！」

「了解よ！」

そう指示をして、ジーナはデスタランチュラに向かっていく。

ブラッドスコロペンドラよりも動きが速く、距離も近かったので、先に足止めしなくちゃならないのはデスタランチュラと考えたようだ。

ジーナに向けてデスタランチュラは毒液を吐いてくるが、それを丁寧に避けつつ、彼女は少しずつ間合いを詰めていく。

その戦いに、うねりながら近付いていくブラッドスコロペンドラ。

ジーナのピンチに、キスティーは『爆牙の円月輪』を投げて援護する。

ドグウゥンッ！

着弾した部分が鈍《にぶ》い音を立てて爆発し、ブラッドスコロペンドラは身を反らして苦しがる。

硬い外殻に身を守られているブラッドスコロペンドラだが、この攻撃はかなり効いたようだ。

「な、なんだ今の武器は⁉　魔法の追加効果があったぞ！　まさか魔導装備か⁉」

「ス……スゲーッ、なんつー威力だ！」

「あんなの見たことも聞いたこともねえぞ⁉　迷宮の下層でも手に入らないような激レア武器だぜ！」

手元に返ってきた『爆牙の円月輪』をすぐさまもう一度投げ、同じように当ててブラッドスコロペンドラを足止めする。

追尾機能《ホーミング》が付いているとはいえ、木々が密集する中でキスティーは正確に投げている。

砂漠の遠征から帰ってきたあと相当練習していたらしく、すっかり使いこなせるようになっていた。

「いったいなんなんだ、あの魔導装備は⁉　どこで手に入れやがった⁉」

「キスティーだけじゃねえ、ジーナの動きもすげえぞ！」

ジーナはオレの魔導装備でスピードもパワーもアップしているので、デスタランチュラ程度の攻撃は軽々躱していく。

森の中で足場も相当悪いのに、まるでネコ科の獣のようにその動きは軽快だった。

「ジーナのヤツ、いつの間にあんなに強くなりやがったんだ⁉」

「こりゃSランクのレベルじゃねえか！」

ジーナの戦いぶりに、冒険者たちは呆気に取られている。

デスタランチュラの毒程度、魔導装備に守られている今のジーナならそれほど怖い攻撃じゃないからな。その余裕も、ジーナの冷静な動きに繋がってるんだろう。

「アビスウオームと戦った恐怖に比べたら、こんなヤツ少しも怖くないからね」

ジーナはついにデスタランチュラの目の前まで接近し、鋭い爪《つめ》で攻撃してきた前足二本を素早く斬り落とす。

そして牙で噛みつこうとしてきたところをジャンプで躱し、空中で一回転しながらその胴体に深々と剣を突き立てた。

『雷鳴の剣』の雷撃によって体内から焼かれたデスタランチュラは、しばらく痙攣《けいれん》したあとに動きを止めた。

「最後はあたいの番だ、『フュージレイド・アイスアロー』っ！」

詠唱を終えたユフィオが水属性の魔法を放つと、空中に数百の氷の矢が出現し、いっせいにブラッドスコロペンドラに向かって発射される。

『爆牙の円月輪』を何度も喰らってヨレヨレになっていたその身に、氷の矢はこれでもかと大量に突き刺さる。針山のような姿となってそのまま絶命した。

「ど……どうなってんだ、ジーナたちってこんなに強かったのか!?」

「いや、強いには違いないが、何よりもあの装備だ。とんでもない魔導装備を持ってやがるぞ!?」

「お、おいジーナ、その剣を見せてくれ！」

冒険者たちは魔導装備の凄さに驚き、ジーナたちに駆け寄ってまじまじとそれを観察する。

「こ、こりゃあすげえ……極上工芸品《アーティファクト》級だぞ！　滅多なことじゃ買えねえクラスだ」

「ジーナ、こんなスゲーのどこで手に入れたんだ⁉」

「ひ・み・つ……いえ、キングウオーム討伐に行ったときに、砂漠で拾ったのよ」

「なんだとぉーっ！」

あ、ジーナのヤツ、ウソ言ってやがる。

そんなこと言ったら、みんな砂漠に殺到するかもしれないぞ。

「くそっ、この捜索が終わったら砂漠に行ってくるぜ！」

「オレも！」

「オレもだ。ジーナ、あとで拾った場所を教えてくれ！」

「さぁて、どうしようかな～？」

「冷たいこと言うなよジーナ……！」

ジーナってば、ちょっとからかいすぎだ。あとで彼女には注意しておこう。

「君の仲間はなかなか優秀なようだね」

ジーナたちの戦いを見たラスティオンが、オレに話しかけてきた。

「なるほど、Ｆランクなのに君の態度が大きいのは、彼女たちの威を借りているからなのだな？」

「ええまあそんなとこッスよ」

とりあえず、ラスティオンの言葉を肯定しておく。

オレは低く評価されたままのほうが都合がいい。オレがやることを警戒されたくないからだ。

この捜索にはきっと何か裏がある。

怪しい動きを見せるラスティオンを警戒しつつ、オレは部隊についていくのだった。

☆

オレたちの部隊は戦闘を繰り返しつつ、奥へ奥へと進んでいく。

先ほどの戦闘では人間が密集して大混乱となったので、それを教訓にお互いなるべく離れるようにして歩いている。

そうして可能な限り部隊が広がって捜索しているものの、王女が通った痕跡すら見つけられない状況だ。王女と一緒に専属の護衛騎士も行方不明となっているが、果たして一緒にいるのかどうか。

護衛騎士はSランクレベルの実力らしいので、一緒なら王女もまだ無事かもしれない。

ただ森が広すぎて、手分けして捜しているとはいえ、このままではいつになったら発見できるのか見当も付かない。

オレが探知している王女の匂いもだいたいの方向しか分からないため、しばらく進んでから少し方向がずれていることに気付いたりする。

その場合、先頭集団にいるジーナたちにこっそり指示を出して修正しているが。

ハッキリと王女の存在を捕捉できたら、オレ一人でも部隊を抜け出して救出に行くんだがな。

「もう少し北寄りに行きましょう！」

ジーナがまたオレの行きたい方向に進路を修正してくれる。

モンスター相手にジーナたち三人が大活躍してるので、ほかの冒険者たちも文句を言わずに従っている。ラスティオンも、特に異論はないようだ。

とにかく、王女がいそうな方向には誘導するので、あとはこの人海戦術によって誰かが手がかりを見つけてほしいところだ。

もちろんオレも頑張るが、みんなの捜索能力を頼りにしている。


その後も森の探索を続けたが、王女の手がかりは見つからなかった。

ラスティオンが魔導具の『光紙《ひかりがみ》』を使って、ほかの方面を捜索している騎士と連絡を取り合っているが、どの部隊も発見できずにいるようだ。

すでに日は落ち始めていて、辺りが薄暗くなってきている。

この状態ではもう捜索は無理だ。

そろそろ夜営の準備をしなくてはならないし、今日のところはこれで終了だろう。

問題はどこまで粘って捜索するかだが、明日も見つからなかったら、諦めて部隊を引き揚《あ》げるだろうな。褒美が欲しいとはいえ、冒険者たちもそれ以上は無理はしないだろう。

あとはオレ一人で回ってみるつもりだが、さすがのオレでもちょっと危険を感じる。

一人では捜索にも限界があるし、発見は難しいかもしれない。

せめて、王女の生死だけでも確認できればとは思うが……

そんなことを考えていると、前方がにわかに騒がしくなった。

「と、とんでもねえ怪物が出やがった！」

「あんなのにゃぜってー勝てねえっ、早く逃げろーっ！」

冒険者たちの悲鳴が聞こえてきた。

どうやら大物が現れたらしい。すぐにオレの『探知』にもそのモンスターの存在が引っかかる。

確認してみると、冒険者たちが退避してくる向こうに、森の木をメシメシと掻き分けながらゆっくり近付いてくる巨人の姿があった。

高さ十数メートルの木々から楽々頭を出すほどの大きさ——体長二十メートルのロックジャイアントだった！

なるほど、こりゃあ強敵だな。

ケタ外れの怪力で、まるで岩のように硬い体なうえ、無尽蔵とも言える体力まで持っている。ドラゴンよりもタフと言われている怪物だ。

Sランクたちが討伐隊を組んでやっと倒せるモンスターだけに、ジーナたちでも勝てないだろう。

そのジーナ、ユフィオ、キスティーの三人が先頭集団から戻ってきた。

「はあはあ、ヤバいぞリューク、どうする!?」

「アタシたち四人でまた力を合わせれば、アイツも倒せるんじゃない？」

「でも、この森だとちょっと戦いづらいかも……」

ジーナの言う通り、倒せないことはないかもしれないが、場所が悪いんだよな。

こう周りに障害物が多くちゃ、全力で戦えない。

それに、ロックジャイアントはアビスウオームほど強くはないが、非常にタフなだけに、こっちとしても倒す手段に悩む。

また『カウンター反射』で賭けなんかしたくないしな。

部隊のみんなが逃げられるなら、無理して戦わなくてもいいかも……

そう悩んでいると、後方に待機していたラスティオンが何事もないように歩いてきた。

「皆の者、控えておれ。あやつは私に任せるがいい」

ラスティオンは先頭に立つと、呪文を詠唱し始めた。『詠唱短縮』による高速詠唱だ。

すぐさまラスティオンの前方に直径十メートルほどの巨大な魔法陣が浮かび上がり、魔法を発動するための魔力が構築されていく。

接近してくるロックジャイアントにも一切動じず、ラスティオンは詠唱を終えると、世界で数人しか使えないという第一階級魔法を放った。

「『偉大なる天の裁き《グレート・ジャッジメント》』っ！」

直後、天を割って巨大な雷《いかずち》の柱が降ってきて、ロックジャイアントに直撃する。

激しい光に包まれたロックジャイアントは、超電圧によって岩のような皮膚が粉々に破壊された
あと、全身から煙《けむり》を吹いて絶命した……

ウソだろ!?　あの頑丈な怪物をこんな簡単に倒しちまうのか!?

ラスティオンの魔法の破壊力にオレは驚愕した。

一応、ラスティオンのことは『スマホ』で撮ったので、ヤツの持っている魔法などは取得済みだ。だからオレも今の魔法は使える。

しかし、オレの魔力ではあの破壊力は出せない。オレのほうが遥かにレベルが低いからな。

それに、今のオレの力量では、第一階級魔法を詠唱短縮することも無理だ。

なるほど、『雷帝』の異名は伊達《だて》じゃない。

「ス……スゲー……！　これがアルマカイン宮廷魔導士長の魔法の威力か」

「アルマカイン王国ゾンダール将軍と並んで、以前の戦争の英雄だからな。ゆくゆくは世界最強になるかもしれねえ」

冒険者たちもラスティオンの魔法に感嘆の声を上げていた。

だが、当のラスティオンは、何やら難しい顔をして考え込んでいる。

「ふむ……このような怪物もいるなら、すでに王女も生きてはいないか……」

周囲に聞こえないほどの小声で、ぼそりとラスティオンが呟いた。

嗅覚だけじゃなく、聴覚も鋭いオレには聞こえたがな。

王女の生死について考えているようだが、どうもあまり心配しているようには見えない。それどころか、口元にうっすら笑みさえ浮かべているように見える。

どういうことだ……？

そんなラスティオンをよそに、冒険者たちはロックジャイアントの魔石回収で盛り上がっていた。

最初に取ったヤツに所有権があるとか、勝手なことを言って揉めているようだ。

オレはあとで魔石の写真だけ撮らせてもらうとしよう。

戦闘後の処理で少々バタバタしていると、オレの耳に何かの音が聞こえてきた。

それはただの音じゃなく、人間ではまともに聞こえない超音波の領域だ。

オレはラスティオンの独り言を聞くため、『暴虐の蛾《ブランダーモス》』から取得したスキル『聴覚（特）』を発動していたので、音の可聴域が広がっていた。

そのおかげで、たまたまキャッチできたのだった。

（これは……モンスターの鳴き声だ！　この手の声を出すヤツは、バンシー系の可能性が高い。音波の強さを考えると多分ヘルバンシーだ！）

この鳴き声……というか叫び声は呪いの力を持つ。もし近距離で聞いてしまったら命すら危ない。

そしてバンシーは人間の前でしか鳴かないという特徴がある。

つまり、この先には人間がいる。恐らく王女か、その護衛騎士だろう。

そうでなくとも、ともかく誰かが今ヘルバンシーに襲われているってことだ！

匂いでは正確な方向は分からなかったが、この声はハッキリと聞こえてくる方向が分かる。

ただ、ここから結構距離は離れている。近ければ、人間でも知覚できる鳴き声が聞こえるはずだからだ。

超音波しか聞こえないということは、かなり遠くにいると考えていいだろう。この鳴き声が止まる前に、急いで助けに行かないと！

「すまねえラスティオンさん、ちょっと先に行かせてもらうぜ！　ユフィオ、ジーナ、キスティー、あとをよろしく頼む！」

オレはそう告げて部隊を飛び出す。

「なんだリューク、いきなりどうしたってんだ⁉」

「何かの手がかりを見つけたってことね！」

「こっちは大丈夫だから、安心して行ってきていいわよ」

三人とラスティオンがいれば、部隊は問題ないだろう。

オレは『縮地』を全開にして、木々の間から聞こえてくる鳴き声を追っていく。

「ぬうっ、勝手な行動をするな！　止まらねば魔法を撃つぞ！」

後方からラスティオンの警告が聞こえてくる。オレを止めるために追ってきているようだ。

だが止まるわけにはいかない。一刻を争う緊急事態なんだ！

「命令を無視する気か？　ならば仕方ない、この私の魔法を……バカな、なんだあの速さは⁉　この私がついていけぬだと⁉」

オレの後方を走っていたラスティオンの声が遠くなっていく。

ラスティオンがオレについてこられるほど速ければ、事情を話して一緒に行ってもいいんだが、あの速度じゃな。

申し訳ないが、待っててやる時間はない。

「ど、どういうことだ⁉　ただのFランクを、この私が身体強化しても追えぬとは⁉　……この森では、『飛翔《フライ》』で空から追跡するのも不可能か……」

オレを追跡する音がなくなった。どうやら諦めてくれたらしいな。

ラスティオンには不審な点があるし、しつこく追ってこられて面倒なことになっても困る。結果的にではあるが、別行動になったのは都合がいい。

あとは襲われている人のもとに行くだけだ。

頼む、間に合ってくれよ……！

4．真相

オレは音のする方向にひたすら急ぐ。

近付くにつれ、超音波以外の鳴き声も聞こえてきた。あともう少しだ。

移動中、数体のモンスターと出合ったが、オレにとっては手強い相手ではなかったため瞬殺した。

厄介なヤツに立ち塞がられたら、さすがのオレでも足止め喰らったかもしれないので、これは幸運だった。

森をまっしぐらに進んでいくと、少し丘になっている場所に直径五メートルほどの横穴があるのを見つける。

恐らく洞窟の入り口だと思われる。ヘルバンシーの叫び声はその中から聞こえてくるようだ。

この中に誰かがいるのか！　まだ音が鳴っているということは無事かもしれない！

オレはトップスピードのまま、洞窟の中に飛び込んでいく。

すると、ちょうどそのとき、奥からごく小さな悲鳴が聞こえてきた。

「きゃあああああっ！」

女性の声⁉　グリムラーゼ王女か⁉

悲鳴を上げたということは、現在かなりのピンチなんだろう。

声の感じからすると、結構奥のほうにいるようだ。

くそっ、間に合うか⁉

オレはくねくねと曲がりくねった洞窟内を、左右の壁を蹴ってジャンプしながら奥へ奥へと駆け抜ける。

洞窟内には外の光は届かないが、壁や地面などが薄く発光しているため、それなりに見通すことができる。

とはいってもやはり暗いため、オレは走りながら『暗視』スキルを発動した。

……どうやら天然の洞窟だな。ダンジョンじゃなくて助かったぜ。

思ったよりも深いが、今のところ一本道なのはありがたかった。

通路が複雑な構造だと、そうは簡単に進めないからな。

……お、見つけたぞ！

一本道を左に曲がった先に、薄暗い中でも仄《ほの》かに光っているモンスターが宙に浮いていた。

長い黒髪をバラバラに振り乱している醜女《しこめ》――ヘルバンシーだ！

その向こうでは、美しい少女が耳を塞いで立ち往生《おうじょう》しているのが見える。

状況的に、あの人がグリムラーゼ王女かな？

よく見ると、王女らしき人の背後は崖《がけ》のように地面がなくなっていて、それ以上は逃げられないみたいだった。

ここからではその深さは分からないが、そこに逃げ込まないことから、落ちたら死ぬくらいの深さはあるのだろう。追い詰められて絶体絶命ってところだったようだ。

とにかく、なんとか間に合った！

オレはヘルバンシーの後ろから一気に近付き、腰の剣を抜く。

オレの接近に気付いたヘルバンシーが振り返るが、一太刀で瞬殺した。

まさに間一髪だったな。ヘルバンシーの呪いの攻撃に、よくぞ頑張って耐えてくれたものだ。

グリムラーゼ王女はオレも初めて見たが、キラキラ輝く銀髪をセミロングに切り揃えた、噂通りの凄い美少女だった。

身長はユフィオより少し低い百五十八センチほどで、小柄ながらとてもいいスタイルをしている。

持っているギフトは神官系Sランクの『聖者』だが、王女は戦闘などとは無縁だから、自身のレベルも1のまま。よって、現状では無力だ。

「グリムラーゼ王女様、無事で本当に良かった。ところで、お付きの護衛騎士さんはどこですか？」

オレはこれで一件落着と安心したが、一緒に行方不明となった騎士がいないことに気付いて王女に聞いてみた。

洞窟は一本道だったので、どこかで行き違いになったということはない。

ということは、森ではぐれてしまったとか……？

「や……やめてっ、来ないで……！」

ん？　ようやく助かったというのに、王女はオレを見て怯《おび》えている。

あまりの恐怖で混乱しちゃってるのか？

「王女様、オレはあなたを助けに来たんですよ。怖がらないで」

「い、いや……あっ、きゃあああああああっ！」

ガラガラガラガラッ！

「お、王女様っ！」

なんてこった！

王女が怯えている間に、崖の縁ギリギリに立っていた彼女の足元が崩れてしまった！

王女が地面と一緒に地の底へ落下していく。

せっかくここまで来たってのに、死なせてたまるか！

オレは王女を追って慌てて飛び込んだ……

☆

「もし……？　もし……？」

「ん………？」

少女らしき声に呼びかけられて、オレは意識を取り戻す。

ほんの少しの間、オレは気を失っていたようだ。目が覚めて徐々に今の状況を思い出す。

崩れた地面と一緒に王女が落ちていき、それを追ってオレは崖から飛び下りた。

すぐさま『飛翔《フライ》』を発動したあと全速で降下し、落下中の王女を抱き止める。ただ、『飛翔《フライ》』には重いものを持って飛べるほどの浮力がなく、王女の落下の勢いにオレも持っていかれてしまった。

そこへ上から崩れ落ちてきた土砂が降りかかり、そのまま下に押し流されてしまったんだった。

夢中で行動したため、辺りをよく確認してなかったが、恐らく落ちた距離は百メートルほど。『飛翔《フライ》』の浮力のおかげで落下による怪我はなかったが、次から次に土砂が落ちてきて、オレたちは逃げる間もなく埋もれてしまった。

オレはとっさの判断で王女に覆い被さり、王女が押し潰されないよう、体を張って土砂を受け止めた。

一応、『身体硬化』を発動したのだが、大きな岩なども落ちてきたため、その痛みと重さでオレの意識は一瞬飛んでしまった。

それでもちゃんと土砂は受け止めたままだったので、王女は無事だったようだ。

自分を褒めてやりたいぜ。

オレと王女は完全に埋もれていて、オレが四つん這いで土砂を押さえている下に、王女が仰向けで寝っ転がってる状態だ。

その王女が、心配そうにオレを見つめている。

今声をかけてくれたのも、もちろん王女だ。動かなくなったオレを見て、死んだと思ったのかもしれない。

さっきは混乱していたが、ようやく落ち着いてくれたみたいだな。

「グリムラーゼ王女ですね？　お怪我はありませんか？」

「あ……はい。すみません、気が動転してつい……」

「大丈夫ッスよ。無事で何よりでした」

さてと、じゃあこの土中から脱出するか。

オレは土魔法でこの土砂を吹っ飛ばす。

「ぷはーっ、やっぱ空気は美味しいな」

土中で息苦しかったため、解放されて思う存分空気を吸い込んだ。

王女は服に付いた土を手で払っている。

夜営中を襲われたにしちゃ、寝間着《ねまき》じゃなくてちゃんとした服装だな。ドレスではないが、王女らしいデザインの軽装だ。

しかし、着替える余裕なんてあったのか？

「わたくしったら申し訳ありません。てっきり先ほどのモンスターの仲間かと思ってしまって……」

「モンスターの仲間？　オレが!?　なんでそんな勘違いを？」

「その……お髪が黒いので、あのモンスターの一族かと……」

ああ、オレの黒髪がヘルバンシーと一緒だったからか！

確かに、あの状況じゃ一瞬勘違いしちまうかもな。

「助けていただきありがとうございました。冒険者の方ですか？」

「そうッス。森にはほかにも大勢来てますよ。もちろんラスティオンさんもね」

「ラスティオンっ⁉」

なんだ？

王女がラスティオンの名前を聞いて怯えるような仕草をしている。

どういうことだ？

「あ、あなたはラスティオンの仲間なのですか？」

「えっ？　いや、仲間というか、王女様が心配で捜索を手伝っていただけッスが？」

「そうですか……ではわたくしの命を奪いに来たわけではないのですね。考えてみれば、ラスティオンの手下ならわたくしを助けるわけありませんし……」

王女の命を奪うだって⁉　とんでもない言葉が王女の口から飛び出したぞ⁉

どうやらオレが想像していた以上に、今回のことには裏があったようだ。

「グリムラーゼ王女様、いったい何があったのか教えてくれませんか？」

「………………」

王女はしばらく押し黙っていたあと、オレを信用してくれたのか、ゆっくりと口を開いて話し始めた。

「ウソだろ!? まさか、そんなことが起こっていたなんて……!」

王女の話を聞き終えて、オレはその衝撃の事実に驚いた。

そもそも、王女はモンスターに襲われてなどいなかったのだ。

王女によると、深夜突然ラスティオンとその部下十人が、就寝中の王女や護衛騎士たちを襲ってきたらしい。

完全に不意打ちで、護衛騎士たちは抵抗する間もなく殺されてしまったのだが、王女の専属護衛だけは襲撃の寸前に気付き、こっそり王女を連れて夜営を抜け出していた。

王女の専属護衛は、王家を代々陰から守ってきた忍者の一族で、当代の忍び頭《がしら》を務めているヒミカという女性だった。

いわゆる『くの一』と呼ばれる存在で、隠密や気配感知に長けているだけに、奇襲にもいち早く気付いたらしい。

王女を連れて素早く森へ逃げたが、ラスティオンたちが待ち受けているだけに、安易に森から出ることができなかった。

なんとか生き延びて、今回のことを王家に報告しなければならない。そのために必死で森を彷徨《さまよ》っていたらしいが、手強いモンスターと遭遇してしまい、ヒミカが時間稼ぎをしてくれてるうちに王女は逃げ出した。

ところが、今度はヘルバンシーに追われ、王女はヒミカと完全にはぐれてしまう。

幸い、王女は状態異常を防ぐお守りを着けているため、簡単にはヘルバンシーの呪いの声にやられなかった。そしてなんとかこの洞窟に逃げ込んだところをオレが助けたということだ。

「一つ分からないのは、なんでラスティオンたちは王女様の命を狙ってるんですか？　アイツは戦争の英雄なんでしょ？」

「……実は父の再婚相手である現王妃が、その息子……つまりわたくしの義兄《ぎけい》である王子に、王位を継承させたいらしいのです。父の病気が重く、もう長くないと言われていて……」

「なんだって⁉　王様が病気⁉」

そんなこと初めて聞いたぞ！

「父が病気であることは正式には公表しておりませんが、王宮内は混迷を極めております。わたくしとしては女王になるつもりはないのですが、王子の母である王妃は、わたくしを疎《うと》ましく思っているようです。これまでも命の危険を感じることがありました」

そういや、グリムラーゼ王女の母親である前王妃の評判は良かったけど、新しく迎えた今の王妃はあまりいい噂を聞かないな。

前王妃は国民から愛されてたから、亡くなったときはみんなが悲しんだっけ。

ところが、新しく迎えた今の王妃は国民に冷たかったから、何故選ばれたのかみんな不思議に思っていた。

傷心の王様に上手く取り入ったなんて陰口も言われていたけど、こうなってみるとその噂も当たっていたのかもしれない。

ちなみに王女も「義兄」と言っていたが、王子はその現王妃の連れ子だから、王様の実子じゃない。もちろん、グリムラーゼ王女とも血の繋がりはない。

国としては王位は当然王様の血縁者に継がせたいだろうから、王妃にとっては王様の一人娘であるグリムラーゼ王女が邪魔だ。いくら王女が王位を継ぐ気はないと言っても、正統な継承者は王女なだけに、周りも王子を簡単には認めないだろう。

そして、この王位継承についての派閥争いに、ラスティオンが絡んでいるということか。

「そんな中、ラスティオンが王子側に付いているのを知らずに、わたくしは王都の外に連れ出されてしまったのです。罠であることに気付いたのは、襲われる直前でした」

ラスティオンは、王妃からグリムラーゼ王女の暗殺を頼まれたに違いない。

それで、この辺りでモンスターに襲われたことにして始末しようと考えたわけだ。

この森のモンスターはかなり手強いだけに、ラスティオンが護衛に失敗してもそれほど不思議に思われないからな。

だが、それを察知した王女たちに、ギリギリで逃げられてしまった。

困ったラスティオンは、王女たちの生死を確認するため、冒険者に捜索を頼むことに。

死んでいればそれでよし。もしも生きていればその場で殺すつもりだったんだろう。

万が一にも、王女に生きたまま王都に戻られたら大変だ。絶対にここで始末しなくちゃならない。

冒険者たちに王女の生存を見られた場合は、闇属性の忘却魔法で記憶を消去……いや、全員に効くとは限らないし、それにいつ記憶を思い出すか分からない。王位継承が絡んでいるだけに、そんな甘いことはしないか。

恐らく、王女の生存を見た者は口封じのために殺された可能性が高い。事と次第によっては、一部隊まるごと皆殺しにするつもりだったかもしれない。

ロックジャイアントのような怪物がいるこの森なら、大勢がやられても不思議はないしな。そのあたりの手はずも当然整っているに違いない。

結局、王女はオレが感知した通り森の北東にいたわけだが、実はこっちの方角にはアルマカインの王都がある。つまり、王女を一番逃がしたくない方向だ。

ラスティオンがこの部隊にいたのも偶然ではなく、絶対に北東方面を突破されたくなかったからだろう。

……こりゃ、ほかの冒険者たちはなるべく巻き込まないほうがいいな。これ以上深入りすれば、冒険者たちの命が危険だ。

今回の騒動の真相を知って、王族も色々大変なんだなあと、心底グリムラーゼ王女に同情した。

可能なら、このままこっそり王女を王都に帰してあげたいが……あのラスティオンを出し抜くことができるだろうか？

とりあえず幸いだったのは、ラスティオンたちが王女の捜索をゲスニクに頼まなかったことだ。

ゲスニクなら金でいくらでも言うことを聞くから、誰にもバレることなく闇に葬られていただろう。

まあラスティオンはゲスニクの性格を知らないだろうからな。

「さて、じゃあ王女様、まずはここから出ましょうか。自己紹介が遅れたけど、オレはリューク。よろしくッス」

「リューク様ですね。でも、どうやって出るのですか？　上にはとても上がれそうにありませんが……」

「大丈夫ッスよ。飛べるのですか!?」

「えっ、と、飛べるのですか!?」

『飛翔《フライ》』で上昇するオレを見て、グリムラーゼ王女が驚いている。

『飛翔《フライ》』は自分にしかかけられないから王女を飛ばすことは無理だが、浮力を活かし、オレが王女を抱えながら壁を登るくらいはなんとかなるだろう。

それが難しそうなら、先にオレだけ飛んで上からロープで引っ張り上げてもいいしな。

ただ、大きく崩れただけに、一応上の状態を確認しておきたかった。

オレ一人で元の場所まで上がってみると、目の前の光景にしばし呆然とした。

オレがここまで通ってきた洞窟の通路が、全て土に埋もれていたのだ。地面が崩壊した衝撃で、通路の天井も崩れてしまったらしい。

かなり激しく震動したからなあ……洞窟が完全に崩壊して生き埋めにならなかっただけマシかもしれない。

通路はもはや土の壁となっていて、これでは土属性の魔法を使ってもどうにもなりそうもなかった。

下手なことをすれば、さらに崩れてしまうかもしれない。

どうしてもほかに出口がなければ、最終手段として強引にこの辺りを破壊するしかないが、まずは別のルートを探したほうがいいだろう。

『スマホ』の機能でマップを確認してみると、自分たちが森のどの位置にいるかは表示されるが、洞窟内の通路については調べられなかった。

どうやら内部構造などについてはマップの対象外のようだ。よって、出口は自力で探すしかない。

あとは脱出するだけと思っていたので、かなり予定が狂ってしまった。

オレは落胆しながら王女のもとに戻る。

「すみません王女様、上は全部埋まっちまってた。ほかの出口を探しましょう」

「ほかの出口……ありますでしょうか？」

王女が不安そうに聞いてくる。

確かにな。一応、崖下であるここにも先に続いている通路はあるんだが、行き止まりだったらお手上げだ。

それに、こんな洞窟に出口がいくつもあるのは珍しいだろう。

果たして、オレのスキルや魔法で脱出できるのかどうか……

「あ、あのリューク様、わたくしは『光紙』を持っているのですが、これを飛ばしてみるのはどうでしょう？」

「『光紙』？　何故そんなものを持ってるんですか？」

「もしものときのため、ヒミカから渡されていたのです。これを使えば、出口の場所が分かるかもしれません」

なるほど……それはいいアイデアだ！

この『光紙』は少し離れた場所にいる相手と連絡が取れる魔導具で、メッセージを込めて放てば受信用の魔導具に向かって飛んでいく。ラスティオンたちもこれを使って連絡を取り合っていた。

王女の『光紙』の受信器は専属護衛のヒミカという人が持っているので、問題なく飛ばせるとのこと。もしも出口がなければ『光紙』は手元に戻ってくる。試してみる価値はあるだろう。

それで連絡が取れれば、オレたちの救出を頼むことも可能かもしれない……ヒミカが生きていればの話だが。

王女を逃がすためにモンスターの相手をしたそうだが、無事逃げ延びているだろうか？

「では、メッセージを書いてヒミカに送ってみますね」

「よろしく頼むッス」

王女が『光紙』を飛ばすと、それは通路の奥へと消えていった。

しばらくしても戻ってこなかったので、通路は外に通じていると考えていい。

人が通れる大きさかは分からないが、少なくとも行き止まりではない。多分なんとかなるはず。

その後、もうしばらく待ってみたが、ヒミカからの返事は返ってこなかった。

王女も受信器を持っているので、ヒミカが生きているなら返事が来るはずなのだが……

戻らぬ返事に、王女も不安そうな表情になる。

「大丈夫ッスよ王女様。きっとヒミカさんは無事です。何かの理由で返事が送れない状況なんでしょう」

沈黙に耐えられず、オレはなんの確証もない気休めを言う。

「……そうですね。ヒミカは簡単に死ぬ人ではありませんし、今はここを出ることが先決ですね」

強い人だ。こんな状況なら、怖くて泣き崩れてもおかしくないんだけどな。

さすが一国の王女様、か弱そうに見えても芯はしっかりしている。

「それじゃあ行きましょうか」

オレたちは『光紙』が消えていった通路の奥へと進んだ。

5．王女と二人で

さっきの崩壊によって、洞窟内の天井や地面が脆くなっている可能性があるので、オレたちは慎重に通路を進んでいく。

幸い、通路は充分な広さ——幅五メートルほどあるので、今のところ通れない場所はなかった。

「おっと、そうだ、王女様にコレを渡しておきます」

オレは『スマホ』の合成能力で魔導水晶を製作し、王女に手渡す。

「これはなんですの？」

「中に雷撃の魔法が封じてあるアイテムです。万が一王女様に危険が迫《せま》ったら、コレを投げて身を守ってください」

天然の洞窟にはモンスターはあまり棲息していないが、それでも少数ながら存在している。

オレもできる限り王女を守るが、何が起こるか分からないからな。

一応、威力が強力すぎると扱いが難しくなるので、中級クラスの魔法を合成した。コレを喰らえば、大抵のモンスターは動きを止めるだろう。

そうしてひたすら進み続けると、オレの『探知』が複数のモンスターの気配を感知した。

通路の奥からではなく、気配は左右の壁を通して接近してきている。ということは、地中を進んでるってことか？

この洞窟内に棲んでいるモンスターじゃなく、地中にいるヤツが、オレたちの出す音を聞いて集まってきたに違いない。

「王女様、気を付けて！　何か来ます！」

「は、はい！」

その場に止まって警戒していると、通路の左右の壁にぼこりと穴が開き、そこから黒い塊が姿を見せた。

外殻が金属でできている巨大アリ、メタルアントだ。

体長は三メートルほどだが、とにかく体が硬く、そして集団で襲ってくる。

思った通り、左右の壁の穴からぞろぞろとメタルアントが出てきた。暗い通路でも、ギラギラとその体表はメタリックに光っている。

「た、大変ですわ！　どうしましょう⁉」

「王女様は下がって！　オレが戦うので離れていてください。あ、でも、離れすぎないように！」

あまり遠くにいられると、何かあったときに助けられないからな。

メタルアントは六体。まあオレにとっちゃ大した相手じゃないが、ここで魔法を使うのは少々危険だ。

下手に衝撃を与えると、洞窟がまた崩れる危険がある。

つまり、剣だけで倒さなくちゃいけないので、それがちょっと面倒。

「ギギ……」

「ギギギ……」

メタルアントは、何やら歯軋《はぎし》りのような音を立てている。

仲間同士で会話でもしてるのか？

そしてガチガチと顎を鳴らしたあと、オレに襲いかかってきた。

ま、動きも単調だし、一体ずつ倒していきゃ問題ないだろ。

オレはメタルアントの攻撃を軽く躱すと、その頭部と胴体を繋いでいる首の部分を剣で斬りつける。

結合部は外殻の中でも一番脆いので、あっさりと頭部と胴体は斬り離された。

オレの剣はアダマンタイト製。いくらメタルアントが硬いといってもコイツには敵わないだろう。

この調子で、次から次へと斬り殺していく。

……と、そのとき。

「リュ、リューク様危ないっ、えいっ！」

メタルアントがオレの後ろから近付いていていたので、オレを守るために、王女が魔導水晶を投げつけた…………オレに向かって。

バリバリバリバリバリバリバリッ！

オレを襲った高電圧が近くにいたメタルアント二体にも流れ、そのまま一撃で即死した。

雷撃に弱いモンスターだからな。これでメタルアントは全滅だ。

それはいいが、今の衝撃で洞窟が崩れやしないかヒヤヒヤしたぜ。

「あっ、そのっ、わたくしったら、はわわ……リュ、リューク様ご無事ですか⁉」

グリムラーゼ王女は、自分がしでかしたことに気付いてパニックになっている。

まったく、喰らったのがオレじゃなかったらヤバかったぞ？

オレにはほとんどの属性攻撃が無効だから、今のもノーダメージだったけど。

「王女様……何かオレに恨みでも？」

場合によっては大事故にも繋がったので、ちょっとだけ皮肉を込めて王女に言う。

「ご、ごめんなさいリューク様、わたくし、ものを投げたのは初めてでして……」

なるほど、それで狙った場所と全然違うところに投げちゃったわけね。

もしかして、王女には魔導水晶を持たせないほうがいいのか？

「オレを助けようとしてくれたのは嬉しいですが、オレのことは大丈夫なので、魔導水晶はご自分を守るときだけに使ってください」

「は、はい、分かりました……あの、今のが直撃しても、リューク様は全然平気なのですね？」

「まあ丈夫だけが取り柄《とりえ》ッスから」

オレがピンピンしているのを見て、グリムラーゼ王女はようやく落ち着きを取り戻したようだ。

しっかりしてると思ったけど、意外にドジっ子なのかな？

「いいですか、オレがピンチになっても絶対に魔導水晶は投げないでくださいね！　かえって危険ですから！」

「はい、申し訳ありませんでした……」

もう一度釘を刺すと、王女はシュンとなって肩を落とす。

少し言い方きつかったかな？　厳しく注意されたことなんてないだろうしな。

王女は良かれと思ってやったのだから、あまり責めると可哀想か。

オレも少し反省しつつ、オレたちはまた奥へと進み始めた。


そのあともメタルアントがぼちぼちと襲ってきたが、全部撃退した。

特に危険な相手ではないが、あまりたくさん来られると周囲に穴を掘られまくるので、洞窟の強度が心配になる。

メタルアントのせいで洞窟が崩れたりしたら大変だ。かといってメタルアントにやめてくださいって言っても通じるわけないので、これはまあ仕方ないのだが。

道中、何度か通路が分岐している場所に出くわしたが、その場合、王女が『光紙』を飛ばせば出口に続いているほうの道が分かった。

ただ、相変わらずヒミカからの『光紙』は返ってこない状態だ。

数時間歩いたところで、今日の移動は終わりにした。

洞窟内で時間が分かりづらいが、懐中時計《かいちゅうどけい》を見ると夜の十時を過ぎていた。

洞窟《ここ》に王女を助けに来た時点で、すでに日も暮れていたしな。

一刻も早く脱出するため、このまま夜通し歩き続けたい気持ちもあるのだが、王女は疲れているようだ。焦らずちゃんと休んだほうがいいだろう。

なかなか簡単には脱出できないが、出口に向かっている手応えはある。この調子なら、明日にはなんとかなるかもしれない。

オレは夜営用のテントを二つ張ったあと、夕食の準備をする。

王女が王宮でどんなものを食べているか知らないけど、さすがのオレも宮廷料理は作れない。

「王女様、お口に合うか分かりませんがどうぞ」

オレはアイテムボックスから出した新鮮な食材で、今作れる一番いい料理を王女に出した。

王族に手料理を振る舞う機会なんて滅多にあるもんじゃないからな。緊張しながら王女の反応を窺う。

果たして気に入ってくれるかどうか……

「ああ、美味しいですわ！　こんなお料理を食べることができるなんて！」

良かった、口に合ったようだ。笑顔の王女を見てオレも嬉しくなる。

王女は昨夜から逃げ続けていたし、ロクなものを食べてなかったんだろう。よほどお腹が空いていたのか、作法も気にせずに並んだ料理に次々と口をつけていく。

こう見ると普通の女の子だな。王女の食いっぷりを見て、オレも食事を始める。

「ご馳走様でした。リューク様ありがとうございました。とても美味しかったですわ！」

グリムラーゼ王女は満足そうにお腹をさすった。

食事を終えたあと、オレたちはすぐに寝ることに。

「すみません王女様、冒険者用の寝具しかないんス。寝心地悪いでしょうが、一晩だけ我慢してください」

「とんでもありません！　こうして寝ることができるだけでも充分です」

「……もしかして、昨夜はあまり寝てないんですか？」

「はい。木に隠れながら少し仮眠しただけです」

そりゃ、モンスターがうようよいる森じゃ、安心して寝ることなんて無理か。

むしろ、無事だったのが奇跡みたいなもんだからな。

王位継承争いなんかに巻き込まれて、心底同情する。

「今夜はオレがしっかり守るんで、安心してゆっくり寝てください」

「ありがとうございます！」

王女用に用意したテントに王女が入ったのを見届けて、オレも自分のテントに入る。

探知結界も張ったので、モンスターが接近しても問題はない。

……テントに一人でいると、なんとなくジーナたちに襲われたときのことを思い出しちまうな。

あれは本当に焦ったからな。ちょっとトラウマになってるかもしれん。

オレも疲れていたのですぐにウトウトし始めると、テントの入り口辺りからゴソゴソと音がするのに気付いて目を覚ます。

うわあっ、またジーナたちが来やがった〜っ！

オレは寝ぼけてそう思ってしまったが、よく考えたら彼女たちはここにはいなかった。

ってことは、まさかモンスターか⁉　結界を張ったのに、それに引っかからずに侵入してきたとか⁉

まずい、王女が危ないっ！

……と思わず焦ったところで、ゴソゴソしていた音の正体が分かる。

テントの入り口を開けてヒョコッと顔を出したのは、グリムラーゼ王女だった！

な、なんだ？　何か用があるのか⁉　ジーナたちのトラウマがフラッシュバックする。

いや、まさか……貞淑《ていしゅく》で清楚《せいそ》で可憐《かれん》な王女様が襲ってくるわけない……よな？

「お……王女様、どうかしましたか？」

オレは精一杯平静を装いながら、テントを覗いている王女に声をかける。

「リューク様、わたくしもこちらにご一緒してもよろしいでしょうか……？」

「な……ななんででぇしゅか？」

オレは思いっきり声が裏返ってしまった。

な、なんだこれ⁉　王女がオレと一緒に寝るだって⁉

衝撃の展開に、オレは全身から汗が噴き出すのを感じる。

「す、すみません、怖くて眠れないのです」

ああそうか、そうだね。こんな洞窟の中で寝るなんて怖いよな。

うんうん、王女の気持ちもよく分かるぜ。じゃあ安心させてあげないと。

「ぼぼぼくがいるから怖くなんてもしもねね眠れますけど？」

あれ、今のオレの言葉ちょっとおかしかったぞ？　今オレなんて言った？

ああなんか自分でもよく分からなくなってきた！

いったいこの状況はなんなんだよ⁉　頭がパニックで上手く考えられねえっ！

「今夜だけ、どうかおそばで眠らせてください」

王女がテントの中にズイッと入り込んできた。

うおおっ、なんだこの感覚は⁉　心臓が猛烈に暴れて、口から飛び出しそうだ。

頭部に血が上りすぎて、鼻から血が噴き出しそうにもなっている。

こ……こういう興奮を抑えるスキルってないのか⁉

「だだだだだめ……ですよ？　オオオオレ死刑になりたくないし⁉」

「死刑……？　まさか！　わたくしが隣に寝ただけでそんなことになんてなりませんわ。お願いです、どうか一緒に眠ることをお許しください」

王女はそう言ってるけど、一国の王女と勝手に寝たら、オレ殺されちゃうんじゃないかな？

少なくとも、何かの罪に問われそうなんだけど？　どうすりゃいいんだコレ!?

とオレがあたふたしていると、グリムラーゼ王女はオレの返事を待たずに完全にテントの中に入ってしまった。

「ちょっ、ちょほほおおお王女しゃま、まま待って、デュフヒィ～～っ……！」

王女はオレの言葉を無視して、オレのすぐ横に寝っ転がる。

ああ甘くてめっちゃイイ匂いが……うう、頭が痺れそうだ。

「おお王女様、せ、せ、せめて寝袋を持ってきては……？」

「いえ、あれはいりません。どうも窮屈で、かえって寝つきが悪くなりそうなのです。別に寒くありませんし、わたくしはこうやって眠れば大丈夫」

そう言って、王女はオレが入っている寝袋に抱きついてきた。

待て待て、このシチュエーションはさすがのオレもヤバい！

こんな状態で、オレは一晩理性を保てるのか!?

「これなら安心して眠れそうです。ではリューク様、おやすみなさい……」

オレの思考が壊滅している中、王女は挨拶をしたあと、割とすぐにスヤスヤ寝息をたて始めた。

オ……オ……オレの気も知らないでぇぇえっ！　男心を弄《もてあそ》ばないでくれっ！

トラウマのせいでつい慌ててしまったが、王女が怖くて眠れないというのは本当だったようだ。

ジーナたちみたく無理やり迫ってきたらどうしようかと思ったぜ。ちゃんと拒絶できるか、ちょっと自信がなかったからな。

王女が完全に寝入ったのを見てオレはホッとする。可愛い寝顔だ。

王女が安心して眠れるなら、これくらいは協力してもいいだろう。

まあオレは到底眠れるような心境じゃないですけどね。

心の中でアニスに謝りながら、そのまま王女と一晩過ごすオレだった。

6. 英雄との対決

「おはようございます、リューク様。おかげさまでよく眠ることができましたわ」

「ああそれは良かったッス……」

目を覚ました王女は、オレの横に寝たまま爽やかな笑顔で起床の挨拶をしてくる。

一度も起きることなくグリムラーゼ王女は爆睡していたが、オレのほうは完全に寝不足だ。何か失礼なことをしては大変だと、石のように固まって横になっていたからな。

今日はまだ何もしてないのに、ゲッソリ体重が落ちてしまったかのような疲労を感じている。

「リューク様、もしかして睡眠が足りませんでしたか？　でしたら、もう少し一緒に寝ても……」

「いや、起きます起きます大丈夫ッス！」

これ以上王女とくっついていたら体がもたないので、慌ててオレは寝袋から出る。

それを見て、王女もゆっくりと体を起こした。

眠いのは確かだが、この程度ならまったく問題ない。さっさと支度して出発しよう。

オレたちは朝食をとったあと、また出口を探して歩きだす。

相変わらずメタルアントがやってくるが、何体来ようともオレの敵じゃない。

ほかには洞窟によく棲息する黒い翼のモンスター、キラーバットと出合ったが、これは低ランク冒険者でも倒せる強さなので問題なかった。

まあここはダンジョンじゃないから、手強い敵に遭《あ》うような心配はないだろう。

……などと思っていたら、前方の通路のあちこちに緑の液体状モンスターが付いているのが見えてきた。強酸を持っているアシッドスライムだ。溶解能力が非常に高く、下手に近付くと大怪我をしてしまう。

そいつが地面だけでなく、壁や天井にまでびっしりとへばり付いていて、その光景がずっと先まで続いている。

物理攻撃の効かない難敵ではあるが、炎や雷撃の魔法に弱いので、中ランク以上の冒険者ならそう苦戦することはない。

とはいえ、魔法の使えない人間だったらここで詰んでいたかもしれないので、王女を助けたのがオレで良かった。

ただ、この洞窟で衝撃の強い魔法を使うのは少し躊躇《ためら》われる。

大きな衝撃があったら、こんな洞窟は簡単に崩れてしまう。

できるだけ周囲には衝撃を与えたくない。火炎や雷撃を使えば簡単に殺せるが、やめておいたほうがいいだろう。

ということで、オレは氷結魔法でアシッドスライムを氷漬けにすることにした。

これなら洞窟に与える衝撃も少ないはず。

「『フリーズキャノン』っ！」

水属性第二階級の魔法を放つと、強烈な冷凍波が通路に沿って奥まで突き進み、周囲にこびり付いていた緑の液体を全て凍らせていった。

「す……凄い！　あのラスティオンにも引けを取りませんわ！　リューク様は何故これほどの魔法を使えるのですか⁉」

いや、魔導士を本職とするラスティオンには全然及ばないけどな。

オレは物理系と魔法系の両方で戦ってるから、能力の成長はどっちつかずの平均的な伸びになっている。

そのため、同レベルの人間と比較すると、剣も魔法も専門職には一歩劣ってしまうのだ。

その分スキルを大量に持ってるから、単純には強さを比べられないが。

「いったいリューク様は何者なのですか？　偶然わたくしを助けに来たにしては、能力が飛び抜けています。普通の冒険者とはとても思えません。リューク様以外の方だったら、今頃わたくしは生きていなかったでしょう」

「そんなことないッスよ。王女様のためなら、誰だって命懸けで助けてくれるはずです」

「それは嬉しいですが、でも命を懸けてくださったとしても、果たしてここまで頼りになりますかどうか……」

「オレを高く評価してくれてありがとうございます。さ、スライムが凍ってるうちにここを通りましょう」

オレは王女を促して、凍結した通路を移動する。

歩いてみたら想像以上につるつるしていたので、王女の手を取ってエスコートしたほうがいいかなと考えていたところ……

「はわっ、きゃあああああああっ！」

王女が滑って体勢を崩し、豪快に転んでしまった。

そしてスカートがめくれて下着があらわになってしまう。

王女はそれに気付いてすぐさま隠すが、すでにバッチリ見てしまった。

王族らしい、繊細で高級そうなデザインの純白パンツだった。

すまない王女様、オレの動体視力はハンパじゃないんだ。『遠視眼』も（特）なので、間近で見たくらいのクオリティで目に焼きついた。

この記憶は一生大事にします。

「み……見ましたね？」

グリムラーゼ王女が顔を真っ赤にして聞いてくる。

「……いえ、見てないです」

オレは一瞬悩んだあとトボけた。

王女にウソつくのは心苦しいが、やはり本当のことは言わないほうがいいだろう。

優しいウソってヤツだ。

「………本当ですか？」

王女が泣きそうな顔をしてオレを見る。

「ほ……ホントに見てないッスよ？」

オレは極力挙動不審な態度を取らないように頑張ってみたが、罪悪感に負けてつい目を逸らしてしまった。

ううっ、ウソをつき通すのがつらい……

「……そうですか、ならば問題ありません」

王女はそう言ったものの、なんとなくまだ疑ってるみたいで、オレのことをジト目で見続けている。

この秘密は墓場まで持っていくことにしよう。

「王女様、また転んだら危ないので、オレがおんぶします。背中に乗ってください」

オレは王女に背を向け中腰になる。

失礼かなとも考えたが、まだまだ凍った通路は続くので、ここは背負ったほうがいいだろう。場合によっては、転ぶことが命取りとなることだってあるし。

王女は少し悩んだあと、オレの背中に体を預けてきた。

「リューク様、よろしくお願いいたします」

「は、はい、お任せください」

背負ってから、急に恥ずかしくなってきた。

こ……こんなに体が密着するとは……！

王女を安全に運ぶことだけを考えていたので、背負った状態のことは考えてなかった。

王女の柔らかい体や温かい体温、さらには胸が背中に当たってる感触までしっかり分かってしまう。

……ヤバいな、やましい気持ちでおんぶを提案したわけじゃないんだが、これじゃオレがゲスな目的で言ったと思われそうだ。

王女に勘違いされたくないが、しかし安全を考えたらやはりこれしかない。

何かあったときに一番対応しやすいからな。

「そ、それじゃ歩きますよ。しっかりオレに掴まっててくださいね」

「はい……」

王女はオレの首に腕を回して、キュッと力を入れた。

そのままゆっくり歩きだす。オレが転んでは元も子もないので、慎重に凍った地面を踏んでいく。

一歩ずつ踏みしめるたび、首もとに王女の息がかかるのを感じる。

（うお～っ、めっちゃ顔が火照《ほて》ってのぼせちまう！　冷静になれオレ、ちゃんと周りに集中しろ！）

何か気まずいというか、王女もオレも口を開くことはしなかった。

無言のままオレは氷の空間を歩き続け、モンスターにも出会うことなく、なんとか通常の通路まで辿り着く。

十分程度の移動だったが、とてつもなく長い時間に感じたぜ。

「王女様、もう降りても大丈夫ですよ」

「…………」

な、なんだ？　王女が黙ったまま動こうとしない。

ひょっとして眠っちゃった？

「グリムラーゼ王女様？」

もう一度声をかけると、王女はのそのそとゆっくりオレの背中から降りた。

今のはなんだったんだ？

王女は真っ赤な顔でぼーっとしていて、足元もフラフラとおぼつかない感じだ。オレの声がちゃんと届いてるのか心配になってくる。

背中に掴まってて疲れてしまったんだろうか？

「だ、大丈夫ですリューク様、では行きましょう」

王女はまるで夢遊病者のように、心ここにあらずな感じで歩いていく。

ホントに大丈夫なのかな？

そんな王女も、しばらくするとまた元に戻ったのでちょっと安心した。

昼休憩を挟みつつ、ひたすら通路を進んでいくと、前方に光が射し込んでいる場所が見えてきた。

「リューク様、もしかしてあそこは……！」

「ああ、そうだ。きっとあれが出口です！」

何箇所か上り坂を上っていたから、そろそろ地上も近い気がしてたところだ。

道中色々あったが、通れない場所などはなかったし、こうやって無事出口まで来られたのは幸運だと思う。

あとは最後まで気を抜かずに行くだけだ。

「王女様、念のためここで待っててください」

出口のそばまで来て、オレは王女を待機させる。

外に出る前に、一応様子を確認しておかなくちゃな。

まばゆい光に近付いていくと、不穏な気配があることに気付く。

何か……いや、誰かいる⁉

警戒しながら出口から体を出したそのとき……

バシュンッ、バリバリバリッ！

日の光よりさらに眩しい閃光がオレを直撃した。

強烈な雷撃魔法だ。この場でこんな攻撃をできるのはただ一人。

「ご苦労だったな、Fランク」

洞窟の外で待ち構えていたのは、『雷帝』ラスティオンとその配下の騎士たちだった。

☆

やっと辿り着いた洞窟の出口で、いきなり強烈な雷撃を喰らったオレはその場に倒れ込む。

放ってきた張本人は、この事件の黒幕であるラスティオンだ。

ま、気配を感じた時点で、何か仕掛けてくることは予想してたがな。

「ど……どういうことだ、ラスティオン！」

オレはあえて瀕死のふりをして、ラスティオンに向かって叫んだ。

「グリムラーゼ王女はどうした？　王女が生きているのは分かっている。一緒にいるのか？」

ラスティオンはオレの質問には答えず、油断なく様子を窺っている。

オレは地面に這いつくばりながら、今の状況を確認する。

この出口から三十メートルほど離れたところに、ラスティオンと配下の騎士十人が並んでいた。

ただ騎士たちは、焦げ茶色の髪をポニーテールにした知らない女性を抱えている。

女性の身長は百六十六センチほど、二十七、八歳といった見た目で、どうやら後ろ手に縛られているようだった。

そうか、あの人がヒミカさんだな？　捕まっていたから『光紙』の返事が来なかったんだ！

「リュ、リューク様、大丈夫ですか⁉　……はっ、ヒミカ！」

「来るな王女様っ！　オレは大丈夫ですから奥に下がって！」

待機させていた王女が、様子のおかしいことに気付いたのか近付いてきたので、慌てて奥に追い返す。

しかし、人質を取られている状況はまずいな……これじゃ手が出せねえ。

なんとかしてヒミカさんを助けないと！

「ほう……この私の魔法を受けてそこまで元気があるとは、丈夫なヤツだ。グリムラーゼ王女、出てこい。さもないと、ヒミカの命はないぞ」

「ラスティオンの言うことは聞いちゃダメだっ！　ヒミカさんはオレが必ず助けます！　だから約束してください、絶対出てこないって！」

王女はオレの言葉を聞くと、コクリと頷いて奥に下がっていく。

「まったくFランクだというのにタフな男だ。貴様はいったい何者だ？　王女をここまで連れてきたことに免じて、素直に王女を渡すなら、貴様の命だけは助けてやってもいいぞ」

ウソつけ！　この秘密を知った者を生かしておくわけがない。

待てよ、ここに冒険者たちがいないってのは、まさか全員始末したわけじゃ……!?

「い……命を助けてくれるってのは本当か？」

オレはラスティオンの提案に乗ったふりをする。

「もちろん、約束しよう」

「その前に、みんなは……ほかの冒険者たちはどうしたんだ？」

「ああ、安心するがいい。ヤツらには褒美を約束して帰した」

良かった……まあいくらラスティオンたちでも、三百人もの冒険者を殺したらさすがに揉み消せないだろうしな。

……いや、コイツならそれくらいしたかもしれないが。

それにしても、何故この洞窟の出口が分かったんだ⁉

「もう一つ聞かせてくれ、オレと王女がここから出てくるとどうして分かったんだ？」

「ククク、なぁに大したことはない。貴様たちが飛ばした『光紙』のおかげで、簡単に見つけることができたぞ。ヒミカのいる場所もすぐに分かった」

しまった、そういうことか！

日も暮れて暗かっただけに、発光する『光紙』が飛んでいたらかなり目立っただろう。

くそっ、そこまでは考えてなかったぜ！

安易に『光紙』を使っちまったが、しかし脱出のことを考えると仕方なかったとも言える。

それに、王女の居場所がバレたことで、結果的には冒険者たちを巻き添えにしなくて済んだ。大勢の冒険者が殺されていた可能性もありえたので、この状況はむしろ幸運かもしれない。

「モンスターに襲われて気絶していたヒミカを助けたのは我々だ。感謝してもらいたいものだな」

人質に利用しようと思っていただけのくせに、恩着《おんき》せがましいこと言いやがって！

そのヒミカさんはグッタリとしている。ひょっとして、王女の情報を聞き出そうと拷問《ごうもん》でもされたのか⁉

「さて、話はここまでだ。王女を呼べ。この手で確実に息の根を止めぬ限り、我らは安心できぬのだ」

「……嫌だね。お前たちには絶対に王女を渡さない」

オレはきっぱりと断る。

「ふむ……分かった。これ以上くだらぬやりとりをしている暇はない。面倒だが、私のほうから洞窟へ出向くとしよう。貴様は死ね、『ライトニング・スコール』！」

ラスティオンは即座に第三階級の雷撃魔法を放ってきた。

強烈な稲妻が轟音を立てながらオレの体に何十発も直撃し、辺りに焦げくさい匂いを漂わせる。

「リュ…………！」

王女の声が、洞窟の奥から聞こえてくる。

一方ラスティオンの配下の騎士たちは、オレが死んだと思い全ては終わったとばかりに笑みを浮かべていた。

「さて、邪魔者はいなくなったぞグリムラーゼ王女。出てこないなら別にいい、こちらから殺しに行くだけだ」

ラスティオンがゆっくりと洞窟に近付いていく。

もはや目的は達成したと思っているんだろうが、しかし、この隙を逃さなかった者たちがいた。

「この瞬間を待ってたぜ！『スティングレーザー』っ！」

「だ、誰だっ⁉　ぐあああっ」

草の陰から突然飛び出したユフィオが、第四階級の光属性魔法で騎士たちに攻撃を仕掛けた。

乱れ飛んだ光線が数人の騎士たちに命中し、そのまま倒れる。

「私の魔導装備も喰らいなさい、えいっ！」

「お、お前たち、いったいどこからっ!?　はぐうっ」

「とっくに帰ったのではなかったの……ごああっ」

続いてキスティーが『爆牙の円月輪』を投げて攻撃し、騎士たちが怯んでいる間にジーナがヒミカさんのところへ走り寄る。

「残念だったわね、リュークを置いては帰らないわよ！　この女性はアタシたちがもらうわっ！」

ユフィオ、キスティー、ジーナの三人は、騎士たちの緊張がすっかり緩んでいたところを一気に襲い、あっという間に彼ら十人を打ち倒してヒミカさんを奪還したのだった。

オレは彼女たちがここに来ていることを知っていた。

さっきオレだけにちらりと姿を見せ、合図してくれたからだ。

でも、何も作戦なんて考えてなかったのに、オレの思惑通りに行動してくれるなんて凄いぜ！

「急に捜索をやめて解散なんてしたから、何か怪しいと思ってコッソリ尾《つ》けてたけど、正解だったわね」

「貴様ら……だがヒミカなど助けたところでどうにもなるまい。貴様らも一緒に死ぬだけだぞ。素直に帰っておれば生きていられたのに、バカな女たちだ」

「それはどうかしら？　リューク、もう起きてもいいわよ！」

ラスティオンの言葉にジーナが平然と答える。

形勢が逆転したことを確信してオレは起き上がった。

「みんな、よくオレが無事って分かったな？」

「そりゃ分かるわよ。アンタがあんなに簡単にやられるはずないもの。絶対演技だってね」

「そうそう、アビスウオームに体をバラバラにされても生きてたリュークが、あの程度で死ぬわけないぜ！」

「きっと何か考えがあると思って、様子を窺ってたの。案の定、騎士たちが隙を見せてくれたから、一気にケリをつけることができたわ！」

ジーナ、ユフィオ、キスティーの言う通り、わざと魔法を喰らって相手に隙ができるのを待ってたんだ。

あの状況じゃ、どう交渉してもこっちが不利だったからな。

アビスウオームを一緒に討伐したことでオレたちに深い信頼関係があったからこそ、できた作戦だった。

ヒミカさんが人質になっているうちは手が出せなかったが、これでもう大丈夫。

「バ……バカなっ⁉　私の魔法を受けて無傷だと……⁉」

「そういうことだラスティオン。もう人質は通用しないぜ！　降参するか？」

「フッ、何か勘違いをしているようだな。ヒミカなど奪われたところで、どうということはない。

ヒミカがいれば、王女も言うことを聞くだろうと思っただけだ。確かに貴様のタフさには驚いたが、私が本気になれば貴様など簡単に殺せる」

「交渉決裂だな。んじゃあアンタも倒すとしよう」

「笑わせるなっ！」

そう言うと、ラスティオンは『飛翔《フライ》』を発動して宙を飛ぶ。

そしてすぐさま高速詠唱して、風属性の第一階級魔法を放った。

「跡形もなく消滅するがいいっ、『偉大なる天の裁き《グレート・ジャッジメント》』っ！」

怪物ロックジャイアントを一撃で屠《ほふ》ったその超雷撃を、オレは躱すことなくまともに喰らう。

それを見たジーナたちは、さすがに少々動揺したようで、不安そうな表情を見せている。

ラスティオンが勝ち誇ったように言う。

「タフな貴様でも、これでこの世から消えたであろう」

「……そりゃご期待に添えなくてすまねえな。オレはピンピンしてるぜ」

激しい雷光が消えたあと、オレは魔法を受けたときの姿勢のままでその場に立っていた。

そう、オレには火、水、風、土、光、闇の属性魔法が一切効かない。

たとえ第一階級であろうともだ。

「き……貴様…………いったい何者だ!?　いや、貴様は人間なのか……!?」

傲岸不遜《ごうがんふそん》で恐れを知らないラスティオンが、ついに顔を恐怖に歪めた。

その顔が見たかったぜ！

「オレはただのFランクだよ」

オレはジャンプで一気に接近し、ラスティオンの腹部にパンチを打ち込む。

「ごぶううううううっっっ……！」

完全に動揺していたラスティオンはあっさり喰らい、口から胃液を吐き出しながら気絶した。

7．王女の爆弾発言

「リューク様っ！　ヒミカっ！」

無事戦闘が終わったことを知って、グリムラーゼ王女が洞窟から出て駆け寄ってくる。

「王女様、オレは大丈夫ですから、ヒミカさんのところに行ってあげてください」

「は、はいっ」

王女は一度オレの前で止まったあと、ジーナたちが介抱しているヒミカさんのところへ走っていく。

オレにはまだやることがある。

危険なラスティオンと騎士たちを完全に無力化することだ。

反撃されるような状況をなくさないとな。

気絶しているこいつらを手早く拘束したあと、ラスティオンの腕には『スマホ』の合成能力で作った魔法封じの魔導具を嵌《は》める。

後ろ手に拘束しただけでも魔法は使えなくなるが、ラスティオンほどの男には、念のためこれくらいしておいたほうがいいだろう。この状態なら絶対に反撃を喰らう心配はない。

ほかに問題がないことを確認してからオレもヒミカさんのもとに向かった。

「ヒミカ、ヒミカ、しっかりしてっ！」

「グ……グリムラーゼ王女様……ご無事で……何より………」

「わたくしのことより、あなたのほうが心配です！　いったい何をされたのです!?」

王女は息も絶え絶えのヒミカさんを見て、大粒の涙を流しながら、どうしたらよいのかとオロオロしている。

「王女様、オレに任せてください」

『スマホ』で撮ってヒミカさんの状態を解析してみると、腕やあばらなどあちこちの骨が折られていた。

ほかにも全身に打撲の痕《あと》が残っていて酷い状態だ。重傷で喋ることができないほど衰弱している。

酷いことしやがって……！

一応、ヒミカさんの体に何も仕掛けられてないことも確認する。

「ヒミカさん、これを飲んでください」

オレはエリクサーを取り出してヒミカさんの口に含ませる。

ヒミカさんは飲む力もまともに残っていないようで、口の端からこぼしていたが、ゆっくりと嚥《えん》下《げ》していくうちに全身がまばゆい光に包まれていった。

そして痣《あざ》が消え、みるみると治っていく。

「す……凄い……！」

グリムラーゼ王女が驚いている中、無事ヒミカさんは完治して元気を取り戻した。

「ヒミカ、良かった……これも全てリューク様のおかげです」

王女は歓喜しながら回復したヒミカさんに抱きつく。

「今のは……エリクサーですか⁉　貴重な回復薬をかたじけない。おかげで助かりました」

「いえ、無事で本当に良かったです。まったく、酷いことをするヤツらだ」

「私のことはいいのです。あなたが王女様を守ってくださったのですね。この御恩《ごおん》は一生忘れません」

「いや、そんな大げさな……アルマカインの民として当然のことをしただけですよ」

なんとなく照れちまうぜ。

それにしても、若い女性なのになんとなく古風な感じだな。

ヒミカさんはレベル１１７で、授かったギフトはSランクの『影忍』だった。

諜報や暗殺系の能力が非常に高いギフトだ。ありがたく取得させてもらうことにした。

その後、ユフィオたちにこれまでのいきさつをかいつまんで説明する。

「なるほど、だからラスティオンが王女様を襲っていたのか……アルマカイン最強の魔導士をものともしないなんて、凄いじゃねーかリューク！　しっかしお前は呆れ返るほど丈夫だな。さすがのあたいでも結構心配したんだぞ」

「まあ信じてたけどね。リュークなら絶対ラスティオンにも勝てるって。でも、ここまで強いとは思わなかったわ。まさか第一階級の魔法を受けて無傷だなんてね」

「そうね、本気で焦って損した気分よ。でも無事で本当に良かった。ますますリュークのことも好きになっちゃったし」

ユフィオ、ジーナ、キスティーが改めて安堵《あんど》の表情を見せた。

「みんなこそ、オレの期待以上に活躍してくれたよ。アビスウオームのときと同じく、三人が協力してくれなかったらラスティオンたちを倒すのは不可能だった」

「あら、じゃあやっぱりアタシたちは最高のチームってことよね？」

「そうだぜリューク、これでもう加入は決まりだろ！」

「私たちと正式にチームを組みましょ！」

「いや、それは別の問題として……」

「「「もうーっ！」」」

三人は抗議の声を上げた。

まあオレたちの息はピッタリだとは思うけどな。

「リューク殿、あなたのその力を見込んで、折り入って頼みたいことがあるのですが……」

オレとジーナたちの話が落ち着いたところで、ヒミカさんがオレに話しかけてきた。

「はい？　なんでしょう？　オレにできることなら、力をお貸ししますが？」

妙にかしこまっているけど、頼みたいことってなんだ？

こういう雰囲気はいまいち苦手だな。

「リューク殿に、グリムラーゼ王女様の専属護衛をお願いしたいのです」

「リュークが王女様の専属護衛だって⁉」

ジーナたち三人が驚きの声を上げる。いや、オレも驚いている。

オレが王女の専属護衛⁉

確かに、今回のことを思えば、そばに付いて守ってあげたいところだが……

「オ……オレみたいな男が王女専属の護衛って、ちょっと問題があるのでは……？」

「いえ、そんなことはありません。今や王宮の中でも、王女様の身が危険な状態なのです。恥ずかしながら、私でも守りきれるかどうか……ですので、私の代わりに王女様の専属護衛になっていただきたいのです。あなたになら安心して任せられます」

そうは言うが、即答するのが少々難しい依頼だ。

この王位継承問題がいつ解決するか分からない以上、オレは長期間——場合によっては数年間ゲスニク領を離れることになるかもしれない。

だが、オレにはまだここに残ってやりたいことがある。

しかし、王女の命だってそれ以上に大事だ。

オレしか守れないのなら、ここは協力するべきだろう。ゲスニクの領地には、事が片付いてからまた戻ればいい。

……そんな単純な話なのに、決断できないオレがいる。

もちろん、それはアニスの存在が大きいからだが……

「いいえヒミカ、リューク様には専属護衛をお願いいたしません。これまで通り、あなたにやっていただきます」

「王女様⁉　ですが……！」

グリムラーゼ王女はオレの護衛の話を断った。

その言葉を聞いて、ヒミカさんは驚いている。

オレとしても、てっきり王女もオレの専属護衛を望んでいるかと思っていたのだが、こうハッキリ拒絶されると、何か失礼なことを王女にしてしまったのかと不安になる。

……いや、思い返してみれば、失礼なことだらけだった。

狭いテントで一緒に寝たしな。おんぶもしたしパンツも見ちゃったし。

こりゃ嫌われても当然だ。おんぶから降ろしたあとしばし無反応だったのも、体が密着するような行為を無理やりさせたから怒っていたんだ。

王女は、もうオレとは一緒にいたくないのかもしれない……

少し寂しい気持ちになっていると、王女が言葉を続けた。

「リューク様にはわたくしの夫……つまり、アルマカイン王国の次期国王になっていただきますわ」

「「「どえええええええええええええっっっっっ⁉」」」

☆

グ、グ、グリムラーゼ王女がとんでもないことを言い出した。
聞き間違いじゃなければ、オレのことを夫にする……いや、国王にするって言ったぞ⁉

いったい何を考えているんだ⁉

「グ……グリムラーゼ王女様、今なんと⁉　このリューク殿を伴侶《はんりょ》に迎えると言っておりましたが、それは本気なのですか⁉」

ヒミカさんも今の言葉に混乱しているようで、王女にその真意を確認する。

「はい、本気です。昨日からリューク様とともに過ごし、アルマカインの次の王に相応しいのはこの方だと確信いたしました」

「し、しかし、リューク殿は王族ではありません！　さすがに王位を継承するのは無理があります！」

「あら、ですからわたくしと結婚するのです。わたくしは王位を継ぐつもりはありませんでしたが、リューク様のためなら協力いたします。王位継承順位筆頭のわたくしの夫になれば、リューク様が国王となっても異論はないはず」

いや、ダメでしょ⁉

オレなんかが国王になったら反乱が起きるって！

「お、お、王女様、失礼ですが、リュークはその……アタシたちと結婚する予定でして、王様になるのはちょっと……」

ジーナが適当なことを言ってこの結婚を止めようとする。

ウソはいかんが、この場合は許す。

オレとしても、さすがに王女との結婚は無理だ。ウソでもなんでもいいから、王女に諦めてもらわないと。

でも、王女はなんで突然こんなこと言い出したんだ⁉

「あなたはリューク様の婚約者なのですか？　今アタシたちと仰いましたが、アルマカインでは重婚は禁じられておりますよ？」

「あ、いや、婚約者じゃないですけど、リュークはアタシたちの誰かと結婚するんじゃないかなあと……」

「婚約者ではないのですね？　それではリューク様のことは諦めてくださいませ」

「待ってください王女様、それはいくらなんでも横暴です！　私たちのほうが先にリュークと知り合ったのに！」

「そうだぜ！　いくら王女様でもリュークは譲れないぞ！」

キスティーとユフィオも不満をあらわにする。

いいぞみんな、がんばれ！

「リューク様はこの国の宝です。あなたたちもそれはお分かりのはず。リューク様にアルマカインを統治していただければ、この国の平和は約束されるでしょう。あなたたちはそれを邪魔しようというのですか？」

「そ、それは……でも……」

ううっ、王女様強い。

気の強いジーナたちを相手に、互角以上にわたり合えるとは……

さすが王族、か弱そうに見えても、こういう交渉のときは毅然《きぜん》とした態度だ。

「王女様のお気持ちは分かりますが、しかし、婚姻とは国のことだけで決めるものではありません。リューク殿がアルマカインに必要ならば、騎士として重用すればよいではないですか。何も夫にされなくても……」

「いいえヒミカ、わたくしはもうリューク様に夫になっていただくしかないのです」

えっ、なんで!?

王女の言葉に、オレはさらに混乱してしまう。

「そ……それは何故です？」

ヒミカさんも、もはや何がどうなっているやらという表情で王女に尋ねる。

オレも是非理由を聞きたいところだ。

しかし、猛烈に嫌な予感がするのは何故だろう？

ヒミカさんに問われると、王女は急激に顔を真っ赤に染め上げ、両手で顔を隠しながら小さな声で返答した。

「リュ……リューク様に、わたくしのあられもない姿を見られてしまったからです。リューク様にはわたくしの初めてをたくさん捧《ささ》げてしまいましたし、もはや結婚していただくほかありません」

グリムラーゼ王女の爆弾発言に、その場の全員が凍りついた………

「お……王女様、リューク殿に初めてを捧げたというのは……？」

王女のとんでもない告白で沈黙が続く中、ヒミカさんがやっとの思いで声を出す。

「恥ずかしい姿を見られたのも、体を重ねて一緒に寝たのも、男性の上に乗ったのも初めてです」

どわわあああああっ、なんだその誤解をＭＡＸで招くような言い方は～～っ！

おんぶのことを『男性の上に乗った』なんて言わないでくれっ！

恥ずかしい姿って、王女のパンツのことか？　やっぱり見たのはバレてたか！

体を重ねたっていうのも、王女がオレに抱きつきながら寝ただけでしょ⁉

いや、それも問題になりそうだけどさ。

「リューク～っ！　アンタって人は、こんな少女にナニしやがってんの～っ！」

「お前～っ、あたいたちには手を出さずに逃げ出したくせに、王女のことは抱いたのか⁉」

「何よっ、好きな人がどうとかさんざん偉そうなこと言ってたくせに、結局若い子が好きなだけじゃない！」

「ち、ちがっ、何も、オレは何もしてないって！　王女様と寝ただけ……いや、そういう意味の寝たってことじゃなく……」

「お……王女様と寝たのは事実ということでよろしいか、リューク殿⁉　くうっ、王女様の初夜をこのような場所で迎えてしまうとは、このヒミカ一生の不覚……！　しかしリューク殿、大変なことをされましたな。事と次第によっては、あなたのお命をいただくことになりますが!?」

ええっ、オレってそんなやばいことしちゃったの？

やっぱ一緒に寝たら大変なことになったじゃねーか、王女様のウソつき〜っ！

「リューク様に乗って揺られていたとき、その気持ちよさは天にも昇るほどでした。あのような感覚は生まれて初めてで、わたくしにはもうこの人しかいないと決めたのです」

「リューク〜っ、あなた王女様に対してなんていうコトをやってるの！　恥ずかしくて聞いてられないわ！」

「まったく王女様相手に無茶しやがって！」

「おおおおおおんぶしただけだってば！」

「アンタ男のクセに往生際が悪いわよ！　それに王女様のあられもない姿も見たんでしょ!?」

「あ、あられもない姿って、パパパンツを見ちまっただけだよっ！」

「グリムラーゼ王女様は、ご自分から下着を見せるようなお方ではありません。となれば、リューク殿が王女様の衣服を脱がせたということ。リューク殿っ、もはや言い逃れはできませぬぞ！」

「ちち違いますってヒミカさん！　お、王女様が転んだとき、たまたまパンツが見えちゃっただけッス！」

なんかもう大パニックの状態だ。オレも汗で全身びっしょりになっている。

せっかくラスティオンたちを倒したというのに、こんなピンチになるなんて……！

「それにしても王女様、さっきは国のためとか偉そうなこと言ってたけど、結局リュークが欲しいだけじゃないの！」

「そう仰られても、わたくしにとってリューク様は初めてのお相手なのです。男性としてその責任を取っていただかないと」

は……初めての相手じゃないでしょ!?

オレでさえ、もう王女が何言ってるか分からん！　天然の子はマジで考えが読めなくて困る。

しかし、ジーナの怒りの抗議にまったく動じることなく涼しい顔で答えるなんて、王女様ってば本当に強い……

「リューク殿……無思慮に王女様の純潔を散らしたその罪、命の恩人といえども許しがたし。覚悟してもらおう」

「だから何もやってないッス！　誓って王女様には手を出してません！」

「リューク、言い訳するのはもう無理だ！　あたいたちと一緒に逃げよう！」

「そうね、きっと追っ手が大勢やってくるわ！」

「どこかに隠れて、私たちと一生暮らしましょ！」

「三人とも飛躍しすぎだって！　本当にオレは何もしてないんだってば！　ちゃんと説明するから、みんな一度落ち着いて……」

「リューク様、国王になってしまえば全て解決ですわ。そういうことですので、わたくしはリューク様の妻になります。ふつつか者ですが、これからどうぞよろしくお願いいたします」

そう言いながら、王女がオレの腕にしっかとしがみついてきた。

それを見たほかの四人の殺気が、限界まで膨れ上がるのを感じる。

「ちょっ頼むからみんなオレの話を聞いて、ほんとマジで、お願いぃおほほほおおおおおんっ！」

オレは全力で泣いた。

8. 新たな世界へ

「……というわけなんですよ。皆さん分かっていただけたでしょうか？」

オレは興奮していたみんなを必死になだめ、ようやく少し落ち着いたところで、ゆっくりと丁寧に今回の顛末《てんまつ》を話した。

途中みんなは疑いつつも、最終的には無事納得してくれたようだった。

「いいわ、信じてあげる。一応話の筋は通ってるしね」

「あ、ありがとうキスティー！」

「確かに、腰抜けのリュークにしちゃ大胆なことしやがったと思ってたんだ」

「そうね、リュークって奥手というより小心者って感じだものね。王女様に手を出す度胸なんてあるわけないいわ」

「そ、そういうことだぜ……」

ユフィオとジーナの言葉に微妙に傷つくオレ。

まあ実際その通りなんだが。

「リューク殿、命の恩人だというのに疑って申し訳ない。グリムラーゼ王女様のお体が綺麗なままと知って安心しました」

「リューク様に失礼ですよヒミカ！　リューク様に何をされようとも、わたくしの体は汚れません」

「いえ王女様、そういう意味ではないのです……」

グリムラーゼ王女の発言に、オレはヒヤヒヤしてしまう。

意外とこの人トラブルメーカーだぞ。気を付けないと、またどんな爆弾発言されるか分かったものじゃない。

「それにしても、リューク様に下着を見られるなら、綺麗なものを見ていただきたかったですわ。あれは前日から身に着けていたものなので、それが悔しいのです。ちゃんと新しいのを穿《は》きますので、次はそれを見てくださいね」

「いや王女様、大丈夫ッス、お気遣いなく！　充分お綺麗なパンツでしたよ！」

と慌ててオレが答えると、ヒミカさんにギロッと怖い目で睨まれた。

いや、どう答えりゃ正解だったんだよ!?　実際綺麗なパンツだったし。

やっぱり王女はトラブルメーカーだな。

とりあえず、オレとの結婚については保留にしてもらえたんで、ちょっと安心はしたけど。

「さて、ぼちぼちここから移動しましょうか。急げば、今日中にこの森から出られるはずです」

王女を捜索しながら大人数で移動するのと違って、この人数でひたすら行けば進むのも速い。

『スマホ』のマップ機能で確認したら、出口まで少し距離はあるが、オレたちなら多分夜になる前には脱出できるだろう。

さて、オレはお荷物に話しかける。

「そらラスティオン、アンタたちにもしっかり歩いてもらうぜ。変にごねやがったら、拘束したまま森に置いていくからな！」

ロープで縛り上げて完全に無力化したラスティオンたちを、おとなしく歩くように急《せ》き立てる。

「我らをどうするつもりだ？　別にここに置いていっても構わんぞ？」

「まったく、口の減らねえ英雄さんだぜ。アンタらのことは王都でキッチリ裁いてもらう。覚悟しておくんだな」

ちなみに、今回の首謀者のことを聞いてみたが、ラスティオンたちは誰も口を割らなかった。

十中八九、王妃が黒幕だとは思うがな。

まあこんなところで白状されてもなんの証拠にもならないから、王都で厳しく追及してもらえばいい。

「では出発！」

オレたちは洞窟の出口をあとにした。

☆

帰り道。

来たときと同様、相変わらず危険なモンスターが行く手を阻《はば》んでくるが、オレたちはサクサクッと倒して進んでいく。

オレたちというか、オレ一人でだが。

王女捜索のときは、オレは目立ちたくなかったので戦わなかったが、もう力を隠す必要もないからな。せっかく来たんだし、強敵相手に経験値を稼ぎたい。だからジーナたちには待機してもらってオレだけで戦っている。

「ふむ……改めてリューク殿の戦いぶりを拝見したが、なるほどケタ外れに強い。これほどの逸材が在野に埋もれていたとは、このアルマカインも捨てたものではありませんね」

「ふふふ、そうでしょうヒミカ。だからリューク様を夫にお迎えするのに、あなたも協力してくださいね」

「王女様、それはまた別の問題です。ただの護衛騎士である私には何もできませぬ」

「もうっ、あなたは昔から頭が固くて困りますわ！」

（む……王女は全然オレのこと諦めてないっぽいな……）

王女とヒミカさんの会話に軽い頭痛を覚えながら、オレは片っ端からモンスターを倒していく。

この調子なら、予定通り夜までには森から脱出できそうだ。

……と思っていたところ、前方から面倒なヤツが現れた。

なんと、ロックジャイアントだ。来るときにも出会ったあの怪物が、木々の上から顔を出しながら、メッシメッシと音を立てて近付いてきている。

帰り道でまた出会っちまうとは……

「リュ、リューク、どうする!?　アイツを避けて遠回りするか!?」

「ダメよユフィオ、ラスティオンたちを連行してるから多分逃げ切れないわ！」

ジーナの言う通り、拘束しているラスティオンたちを連れて逃げるのはちょっと無理だな。

とはいえ、まさか拘束を解くわけにもいかないし。

仕方ない、力試しに戦ってみるか。

「ククク、私があやつを倒してやろうか？　なんなら、我らをここに置いて逃げてもよいのだぞ？」

「ラスティオン、アンタの力なんて必要ないぜ。みんな、ここをよろしく！」

「リューク、一人で大丈夫なのっ!?」

「多分問題ない。アイツを倒して経験値をたっぷりもらってくるよ」

ジーナに答えたあと、オレはロックジャイアントへ向かっていく。

そしてすぐさま詠唱を開始する。

ぶっつけ本番だが、上手く撃てるかな？

「『偉大なる天の裁き《グレート・ジャッジメント》』っ！」

オレはラスティオンから取得した第一階級の魔法を撃ち放った。

上空が光ったあと、強烈な雷撃が天からロックジャイアントに直撃する。

「バ……バカなっ、剣士が第一階級の魔法だと⁉　ありえぬっ！」

ラスティオンの驚く声が後方からここまで届いてくる。

まさか、自分の魔法を複製されたとは思わないだろうな。

おっと、上手く魔法は撃てたが、オレの魔力では、一撃でロックジャイアントを仕留めることはできなかったらしい。

超電圧による感電でしばし動きを止めていたロックジャイアントが、また足を踏み出した。

一発で無理ならもう一発だ。

オレのレベルでは、第一階級魔法を一回使っただけでMPが切れてしまったので、エリクサーを飲んでHPとMPを全回復させたあともう一発撃ち放つ。

「『偉大なる天の裁き《グレート・ジャッジメント》』っ！」

ロックジャイアントはすでに目の前まで接近していて、オレを攻撃するために拳を振り上げたところだったが、それを振り下ろす前に一瞬早くオレの魔法が決まった。

ラスティオンの威力には及ばないとはいえ、第一階級魔法を立て続けに二発も喰らっては、タフなロックジャイアントといえどもさすがに耐えられなかったようだ。

全身から煙を噴き上げてロックジャイアントは絶命した。

「おいおいリューク、お前第一階級の魔法まで覚えちまったのかよ！」

「アビスウォームと戦ってからまだそれほど経ってないのに、こんなに成長してるなんて凄いじゃないの！」

「伝説級の魔導剣士……いえ、そんなレベルじゃない、史上初かもしれないわ！」

「これは……確かに王女様の夫候補として文句ないかもしれません。これほどの人材が、果たしてほかにいるかどうか」

「リューク様以外にいるわけありませんわ！　ああリューク様、あなたへの想いは大きくなるばかりです」

様々なことを言いながら、後方に待機していたみんながこっちに近寄ってくる。

その間に、オレはロックジャイアントの魔石を回収した。

そういえば、ラスティオンが倒したロックジャイアントの魔石は、あとで写真だけ撮らせてもらおうと思ってたけど、これでその必要もなくなったな。

ピロリロリン。

と、ここで突然『スマホ』が鳴った。

久々に聞いた気がするな。今の音は『スマホ』が新しい機能を覚えた合図。

つまり、オレのレベルが１２５を超えたのだ。

ロックジャイアントを一人で倒したことで、オレは大量の経験値を獲得した。それにより、レベルも大きく上がって現在は１３１にまでなっていた。

とうとうあのドラグレスと並んだぞ！

そして『スマホ』が新しく覚えた機能を確認してみると……

おおおっ、こんな素晴らしい能力をゲットしたとは！

これは王女の護衛に役立つかもな。このタイミングでこんな能力を得たのは、王女の護衛をすべきという神様の思《おぼ》し召しかもしれない。

オレの人生が変わったのはこの『スマホ』のおかげだ。その能力が必要とされているのなら、惜しまず協力すべきだろう。

森を移動している間ずっと悩んでいたが、オレはここで決心した。

やはり王女のことをこのまま放っておくわけにはいかない。

王位継承問題が片付くまで付き合うかどうかは分からないが、とりあえず専属護衛については承諾しよう。

あまりにも長引いたときは、どうするかまた改めて考えればいい。

「グリムラーゼ王女様、オレもアルマカイン王都に行きます」

「本当ですか、リューク様！」

「リューク殿、それでは……!?」

「はい、王女様の専属護衛をやらせていただきます」

オレはヒミカさんに承諾の返事をする。

「リュークが行くなら、あたいたちも一緒に行くぜ！」

「そうね、アタシたちも協力するわ！」

「アルマカイン王都に行くのも久しぶりね。事態は深刻だけど、なんとなく楽しみだわ。リュークなら全部解決してくれるって」

ユフィオ、ジーナ、キスティーの三人も一緒に行ってくれるようだ。

オレは物心がついてからゲスニクの領地を出たことがないので、外の世界を知らない。

だから三人が来てくれると心強いところだ。


無事森を抜ける頃には、辺りは暗くなっていた。

今日はもう移動は無理なので、オレたちは夜営で一晩過ごしてからアルマカイン王都に向かうことにした。

馬車ならここから二日半ほどで着くらしい。

……そして翌朝となり、出発するための準備をする。

王女が乗っていた馬車は壊れてしまったんで、オレは『スマホ』から馬車をコピー出力した。

「な、なんと⁉　リューク殿、どうやってこんなものを出現させたのです⁉」

「さすがリューク様、凄いですわ！　ああ本当に頼りになるお方……！」

ヒミカさんと王女が仰天している一方、ジーナたちはすでに見慣れてしまったのか冷静だ。以前同じことやってるしな。

続けざまに、追加で馬車を二台コピー出力する。ラスティオンたちを積んでいく分だ。

「こ、これはまさか……アイテムボックス⁉　伝説の魔導具すら持っているというのか⁉」

ラスティオンも驚いてるけど、アイテムボックスじゃないんだよな。まあアイテムボックスも持ってるけどさ。

馬車の客車部分に、オレたちやラスティオンたちが乗ってきた馬を繋いで完成。

ラスティオンたちを二台の馬車に分けて乗せ、その御者をユフィオとヒミカさんに任せる。オレが御者をする馬車には、ジーナとキスティー、そしてグリムラーゼ王女が乗った。

街には戻らない。フォーレントとかに出発を邪魔されると困るからな。

「さて、じゃあアルマカイン王都に向けていざ出発だ！」

オレのかけ声で、ヒミカさんとユフィオも馬車を発進させる。

初めての外の世界。この先にいったいどんなことが待ち受けているのか、オレはまだ見ぬ未来に胸を躍らせた。

王位の継承が関わっているだけに、相手は一筋縄じゃいかないだろう。だがどんなヤツが来ようとも、絶対に王女を守り抜いてみせる。

それがきっと、アニスに相応しい男になるための試練なんだ。

そんな想いを馳《は》せながら、オレは馬車を走らせ続けるのだった……

番外編　ギルド長の失態

リュークたちが無事森を出たちょうどその頃。

ゲスニクの屋敷には、冒険者ギルド長のフォーレントが訪れていた。

賄賂としてリュークからもらった、アビスウオームの魔石を持って。

王女捜索にリュークが参加することをフォーレントは反対したが、それはリュークに活躍されては面倒だと考えたからだ。

リュークはいつの間にかとんでもないレベルにまで成長していた。その力でもしも王女の救出を成し遂げたら、リュークの出世は約束されてしまう。

自分の悪事を知っているリュークに出世されては、フォーレントの立場が危うくなるというわけだ。

よって邪魔をしたのだが、結局リュークは想像以上に大活躍してしまった。

今のところフォーレントにその事実は届いていないが、まあ知らないほうが幸せといったところだろう。

そのフォーレントだが、アビスウオームの魔石という超が付くほどのお宝を手に入れたので、早速ゲスニクの屋敷にやってきたのだった。

もちろん、それを売りつけるために。

今までも、ギルドで手に入れた貴重なものはこっそりとゲスニクに横流ししていた。その現場をリュークは何度も見ていたのである。

フォーレントは衛兵に用件を伝えると、ゲスニクの待つ部屋に案内される。

「おお、久しぶりだなフォーレント。何やら良いものを手に入れたということだが、いったいなんだ⁉」

「はっ、実は大変貴重な魔石を手に入れまして……」

「魔石？　今さらそんなものいらんぞ？　ドラゴンの魔石も持っておるしな」

「まあゲスニク様、まずは見てください」

フォーレントはそう言って、琥珀色に輝く三十センチもの魔石を包みから取り出した。

「なっ……なんと⁉　ドラゴンの魔石など比べものにならぬ大きさではないか⁉　いったいなんの魔石なのだ⁉」

「それは不明なのですが、これほどのものは世界に二つとないでしょう。内包する魔力もケタ違いです。恐らく、伝説級のモンスターの魔石と思われます」

「なるほど……確かにこれは凄い。宝として飾っておくも良し、王に献上して信望を得るも良しか……いいだろう。いくらだ？」

「はい、白金貨三百枚ではどうでしょう？」

「三百枚だと⁉　むむっ、なかなか吹っかけおったな」

「しかし、世界に一つでございますよ。本来なら白金貨千枚以上でもおかしくありません」

白金貨一枚には金貨十枚の価値がある。つまり白金貨三百枚は、金貨なら三千枚だ。

フォーレントはギルド長だけに裕福な部類ではあるが、それでもこれは大金だ。

金を手に入れたらどんな豪遊をしようかと、心躍らせながらここまでやってきたのだった。

「いいだろう。望み通りの金額で買ってやる。おい、白金貨三百枚持ってこい！」

「ありがとうございます！」

フォーレントはこれでもかというほど何度も大きく頭を下げる。

ほどなくして、ゲスニクの部下が白金貨三百枚を箱に入れて持ってきた。

それとアビスウオームの魔石を交換しようとしたところ……

なんと、その琥珀色の物体が、突然煙のように消えてしまったのだ！

いったい何が起こったのか分からず、ゲスニクとフォーレントは狐につままれたような表情になる。

実はこの瞬間、リュークがアビスウオームの魔石を消したのだ。

『スマホ』でコピー出力したものは、消すこともできる。その能力を、今リュークが使ったわけである。

リュークは最初からこの魔石を渡すつもりはなかったので、適当なタイミングで消そうと思っていた。

森を脱出して王女救出も一段落し、たまたまこのことを思い出して消したわけだが、フォーレントにとっては最悪のタイミングとなってしまった。

事態を理解したゲスニクの顔が、みるみるうちに怒りで真っ赤に染まっていく。

「フォーレント……貴様このワシを騙そうとしおったな!? どういう仕掛けか分からんが、売りつけたあと消えるようになっていたんだろ！」

「し、知りませんっ、今のは私もわけが分かりませんっ」

「ワシを騙そうとはいい度胸だ、どうなるか覚悟してきたんだろうな？」

「ほ、ほ、本当に知らないのです！ ゲスニク様を騙そうだなんて、この私がするわけが……」

「問答無用、おいっ！」

ゲスニクが命令すると、そばに控えていたドラグレスがやってくる。

人と会うときは、当然のようにドラグレスを護衛に付けている。

フォーレントは元Sランク冒険者だが、仮に現役時代でもドラグレスには敵わない。それほど力の差があった。

フォーレントの顔が恐怖に歪《ゆが》む。

「片腕を斬り落としてやれ！」

「ままま待ってくださいゲスニク様っ！ リュ、リューークが、あのリュークが冒険者になっていることは知ってますか!?」

「何っ!? リュークのヤツが!?」

思いもよらない名前を聞いて、ゲスニクは確認するようにドラグレスの顔を見る。

ドラグレスとしては、リュークのことなどすでにすっかり過去の存在だったので、今言われて久々に思い出す。

「そういえばなってたな。オレがゴミのように土下座させたが、そのあとアイツはどうしてる？　野垂れ死にでもしたか？」

「ア、アイツは今レベル１１８になってます！　今の魔石も、リュークから渡されたものなのです！」

「レベル１１８だと⁉　そんなバカなことあるかっ！　まだワシを騙そうというなら、その命ももらうことになるぞ！」

役立たずのリュークが急成長したと聞いて、ゲスニクは驚きの声を上げた。

「ほ、本当なのです！　今の魔石といい、何かおかしな力を持っているのかもしれません」

フォーレントの言葉を聞いて、ゲスニクとドラグレスは顔を見合わせる。

ゲスニクはしばし考え込んだのち、おもむろに口を開いた。

「ふん、まったく信じられんな。だが、気にならないこともない。ワシはつまらんことで手を汚したくなかったゆえ、アイツを放っておくことにしたが、やはり邪魔だ。フォーレント、貴様がリュークを始末しろ」

「わ、私が殺すのですか⁉　し、しかし、殺人はちょっと……」

「断るなら片腕を斬り落とす。ワシを騙そうとしたのだからな」

「ま、待ってください！　分かりました、リュークのことは私が始末します！」

「それでいい。事が終わり次第、ワシのところへ報告に来い」

「はっ、承知しました！」

大金を手に入れる予定だったのが大変なことになったと、青い顔に脂汗を浮かべながら、フォーレントはゲスニクの部屋を出た。

「リュークがレベル118だと……？　どう思うドラグレス？」

部屋に残ったドラグレスに、ゲスニクが問いかける。

「何かのまやかしだろう。レベル118など絶対にありえん。リュークごときに踊らされるとは、あのフォーレントも鈍《なま》ったもんだな」

「ふむ……そろそろヤツも切り時か」

すでにリュークの力はドラグレスさえ超えていることを知らない二人だった。

強くてニューサーガ
NEW SAGA
1~10
阿部正行
Abe Masayuki
2023年7月から
TVアニメ
放送予定！
シリーズ累計
80万部
突破!!
（電子含む）
魔王討伐を果たした魔法剣士カイル。自身も深手を負い、意識を失う寸前だったが、祭壇に祀られた真紅の宝石を手にとった瞬間、光に包まれる。やがて目覚めると、そこは一年前に滅んだはずの故郷だった。
各定価：1320円（10%税込）
illustration：布施龍太
1～10巻好評発売中!
待望のコミカライズ!
1～10巻発売中!
漫画：三浦純
各定価：748円（10%税込）
アルファポリスHPにて大好評連載中!
アルファポリス 漫画
検索

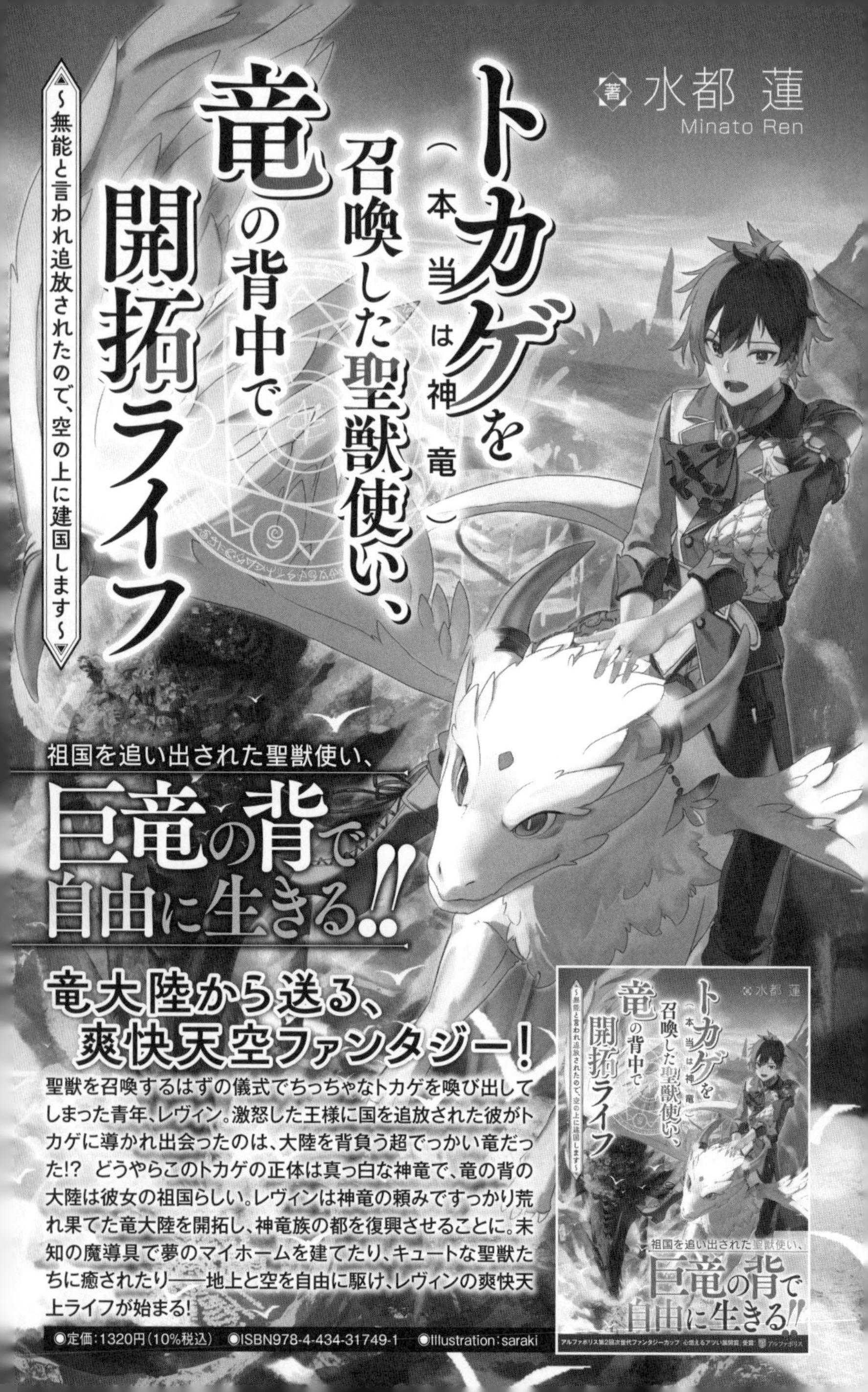
トカゲを（本当は神竜）召喚した聖獣使い、竜の背中で開拓ライフ
～無能と言われ追放されたので、空の上に建国します～
著 水都 蓮
Minato Ren
祖国を追い出された聖獣使い、
巨竜の背で自由に生きる!!
竜大陸から送る、爽快天空ファンタジー！
聖獣を召喚するはずの儀式でちっちゃなトカゲを喚び出してしまった青年、レヴィン。激怒した王様に国を追放された彼がトカゲに導かれ出会ったのは、大陸を背負う超でっかい竜だった!?　どうやらこのトカゲの正体は真っ白な神竜で、竜の背の大陸は彼女の祖国らしい。レヴィンは神竜の頼みですっかり荒れ果てた竜大陸を開拓し、神竜族の都を復興させることに。未知の魔導具で夢のマイホームを建てたり、キュートな聖獣たちに癒されたり――地上と空を自由に駆け、レヴィンの爽快天上ライフが始まる!
◎定価：1320円（10％税込）　◎ISBN978-4-434-31749-1　◎Illustration：saraki

部屋で眠りについたのに、見知らぬ森の中で目覚めたレン。しかも中学生だったはずの体は、二歳児のものになっていた！　白い虎の魔獣——スノーラに拾われた彼は、たまたま助けた青い小鳥と一緒に、三人で森で暮らし始める。レンは森のもふもふ魔獣達ともお友達になって、森での生活を満喫していた。そんなある日、スノーラの提案で、三人はとある街の領主家へ引っ越すことになる。初めて街に足を踏み入れたレンを待っていたのは……異世界らしさ満載の光景だった!?

◉定価：1320円（10％税込）　ISBN 978-4-434-31644-9　◉illustration：中林ずん

魔境育ちの全能冒険者《オールラウンダー》は異世界で好き勝手生きる!!
1~2
追い出したクセに戻ってこいだと?
そんなの知るか!!
Author
アノマロカリス
修業ばかりさせられる村を飛び出して、
のびのび暮らそう!!
ミニ竜と遊んだり、美味しい魔物を食べたり、異世界を楽しみ尽くす!!
英雄の一族に生まれ、魔法や剣術などあらゆる技術を叩き込まれて育ったリュカ。しかし自分の能力に無自覚な彼は、不運なことに弱小チームの雑用係としてこき使われた挙句に追放されてしまう。もう理不尽な思いは懲り懲りだと思ったリュカはソロ冒険者として生きていくことに。異世界グルメを堪能したり、洞窟に潜ったり、ミニ竜と遊んだり! リュカは最強のステータスを生かして第二の人生を謳歌する!!
◉各定価1320円(10%税込) ◉Illustration:れつな
見習い聖女をお守りします!!

この作品に対する皆様のご意見・ご感想をお待ちしております。
おハガキ・お手紙は以下の宛先にお送りください。

【宛先】
〒150-6008 東京都渋谷区恵比寿 4-20-3 恵比寿ｶﾞｰﾃﾞﾝﾌﾟﾚｲｽﾀﾜｰ 8F
（株）アルファポリス　書籍感想係

メールフォームでのご意見・ご感想は右のＱＲコードから、
あるいは以下のワードで検索をかけてください。

アルファポリス　書籍の感想　検索

ご感想はこちらから

本書は Web サイト「アルファポリス」（https://www.alphapolis.co.jp/）に投稿されたものを、改題・改稿、加筆のうえ、書籍化したものです。

勘当《かんどう》貴族《きぞく》なオレのクズギフトが強《つよ》すぎる！

〜×《バツ》ランクだと思《おも》ってたギフトは、オレだけ使《つか》える無敵《むてき》の能力《のうりょく》でした〜

赤白玉《あかしらたま》ゆずる

2023年 3月 31日初版発行

編集－佐藤晶深・藤井秀樹・芦田尚
編集長－太田鉄平
発行者－梶本雄介
発行所－株式会社アルファポリス
〒150-6008 東京都渋谷区恵比寿4-20-3 恵比寿ｶﾞｰﾃﾞﾝﾌﾟﾚｲｽﾀﾜｰ8F
TEL 03-6277-1601（営業）　03-6277-1602（編集）
URL https://www.alphapolis.co.jp/
発売元－株式会社星雲社（共同出版社・流通責任出版社）
〒112-0005 東京都文京区水道1-3-30
TEL 03-3868-3275
装丁・本文イラスト－蓮禾
装丁デザイン－AFTERGLOW
印刷－図書印刷株式会社

価格はカバーに表示されてあります。
落丁乱丁の場合はアルファポリスまでご連絡ください。
送料は小社負担でお取り替えします。

ISBN978-4-434-31643-2 C0093